Arsène Lupin 亞森・羅蘋冒險系列 02

Les Huit Coups de l'horloge

八大奇案

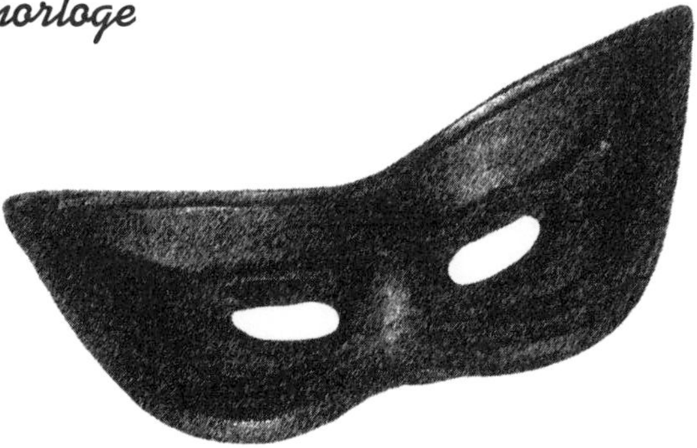

莫里斯・盧布朗／著

宦征宇／譯

好讀出版

大冒險家的羅曼史
——談《八大奇案》

推理作家　既晴

本書《八大奇案》（Les huit coups de l'horloge），發表於一九二三年，是一部描寫某位貴族雷利納公爵（du prince Serge Rénine）爲了追求一名年輕女性奧爾棠絲．丹妮爾（Hortense Daniel），兩人於是展開一連串推理冒險的短篇連作集。書前的序言，暗示雷利納公爵很可能就是亞森．羅蘋，所以，可歸入亞森．羅蘋探案，是系列的第十一部作品。

美國推理作家艾勒里．昆恩（Ellery Queen）雅好短篇推理的收藏，曾發表短篇推理的經典評論文集《昆恩嚴選》（Queen's Quorum，1951），細數推理小說史上一百二十五部推理短篇集傑作，其中，選入了兩部亞森．羅蘋探案，一部是羅蘋的初登場作《怪盜紳士亞森．羅蘋》（Arsène Lupin, Gentleman-Cambrioleur，1907），另一部就是本書《八大奇案》了，由此足見本書在推理史上的重要地位。

當時英國的「夜賊萊佛士」系列（A. J. Raffles）廣受讀者歡迎，法國作家莫里斯．盧布朗（Maurice Leblanc）受雜誌邀稿，開始撰寫羅蘋探案，但爲求與萊佛士探案有所區隔，探案中更強調羅蘋的冒險性格、僞名僞裝癖好、正義感、動員與滲透能力，以及對女性的仰慕情懷。鮮明的角色特質、獨特的情節佈局，立刻引起讀者迴響，羅蘋一躍成爲法國大眾文學的新英雄。

相對於強調冒險、探祕情節的長篇探案，羅蘋的短篇探案，則有不少作品被公認是傑出的解謎推理，大多涉及不可能犯罪，而，《八大奇案》無疑是水準最高的一部。

例如，〈塔樓頂上〉中的遠距離殺人、〈玻璃水瓶〉裡的鉅款消失、〈泰蕾絲和吉曼〉的密室殺人、〈雪痕〉的足跡詭計、〈斧頭夫人〉中的連續殺人魔側寫等，有變形自早期經典者，亦有獨出胸臆者，是後世推理作家的學習範本。

此外，反覆探究案件關係人們的心理狀態、思考彼此利害關係，從而突破僵局、解決案件的推理手法，也可以在〈電影的啓示〉、〈讓·路易案〉與〈墨丘利〉大開眼界。

從這幾個短篇中，我們不難發現，儘管都是解謎推理、儘管時代相近，羅蘋的解謎手法，與福爾摩斯仍有顯著差異。

福爾摩斯重視心智活動，熱愛解謎、追求眞相。他通常只在胸有成竹、全案瞭然於心之際，才會提出推理，一次命中眞相。因此，他予人自信、不疾不徐的冷靜形象，是「理性主義」的象徵。然而，羅蘋則總是身處線索不足、情勢不利的劣境下，被迫以「天賦的直覺」大膽鎖定調查方向，不斷抓住微小的可能性搏命演出，終於在結局處製造出大逆轉。羅蘋之所以追求眞相，卻不只是因爲單純的興趣，他更常把眞相當做談判的籌碼，與敵周旋，達成更重要的目的。

這樣的羅蘋，是「機會主義」的象徵，在爾虞我詐、瞬息萬變的複雜世界中，利用變色龍般的適應力，成爲身懷膽識、無懼奮戰、勇於求愛的大冒險家。

contents 目錄

本書背景介紹

這八樁冒險經歷是從前亞森・羅蘋講給我聽的，他說這些是他的一個朋友雷利納公爵身上所發生的故事。但在我看來，根據這些冒險經歷的方式、手法和人物性格，我不得不把雷利納公爵和亞森・羅蘋視爲同一個人。亞森・羅蘋是個天才的幻想家，他既可以否認自己的親身經歷，也可以把並非發生在自己身上的冒險據爲己有。這些故事到底是不是他的親身經歷？就讓各位讀者自己來判斷吧。

chapter 1

塔樓頂上

奧爾棠絲．丹妮爾微微地推開窗戶，低聲問道：「您在嗎，羅西尼？」

「我在這。」從城堡底下茂密的樹叢裡傳來了回答。

奧爾棠絲微微傾下身，看見了那個極爲壯碩的男人，他有著紅咚咚的胖臉，臉上還鑲著一圈大鬍子。

「怎麼樣了？」那個男人問道。

「嗯！昨天晚上，我和叔叔嬸嬸好好的談過了。他們斷然拒絕我的公證人事先交給他們的協議，不肯把我丈夫在被囚禁前揮霍掉的那些嫁妝還給我。」

「這樁婚事是您叔叔作主的，根據婚前協定他是要對此負責的。」

「不管怎樣，反正他是拒絕了。」

「那之後怎麼辦？」

「您是否還決意要誘拐我呢？」她笑著問道。

「前所未有的堅決。」

「您可別忘了，不要對我有非分的想法。」

「您想怎麼樣都行，您知道，我都快要爲您瘋狂了。」

「不幸的是我可沒爲您瘋狂。」

「我不求您爲我瘋狂，只求您有一點點愛我就好了。」

「一點點？您要求的太高了。」

「既然如此，爲什麼還選擇我呢？」

「純屬偶然，我很無聊，我的生活缺少新意，所以我決定冒個險。接著！這些是我的行李。」

她把幾個大皮包扔了下來，羅西尼都接住了。

「扔下去的是我的命運。」她喃喃地說。「開車到伊夫十字路口等我，我會騎馬過去。」

「哎呀！我可不能把您的馬一起拐走。」

「牠自己會認路回來的。」

「太好了。啊！對了。」

「怎麼了？」

「那位雷利納公爵到底是什麼來路，就是那個在這兒待了三天卻沒人認識的傢伙。」

「我不知道，我叔叔在朋友家打獵的時候遇到他，就邀請他過來了。」

「他很喜歡您，昨天您還和他一起散步了，我可不喜歡這個人。」

「兩個小時以後我就會和你一起離開城堡了，這樁醜聞會讓塞日・雷利納冷靜下來，還會成爲人們茶餘飯後的話題。快去吧，我們沒時間了。」

她注視著胖胖的羅西尼背著包包，彎著腰，沿著一條荒棄的路走了，幾分鐘後，她關上了窗戶。

遠處的園子裡響起了起床號的聲音，伴隨著獵犬瘋狂的吠叫，這代表狩獵活動開幕了。每年九月初，善獵的艾格勒羅什伯爵和夫人就會讓朋友和附近城堡的主人全都聚到拉馬雷茲城堡。

奧爾棠絲慢慢梳洗完畢，穿上騎馬的長裙，展現纖細的腰肢；寬沿的氈帽襯托出她美麗的臉龐和紅棕色的頭髮。她在寫字檯旁坐下，給她的叔叔艾格勒羅什先生寫信，這封信是晚上要給他看的。信並不好寫，她重寫了幾次，最終還是放棄了。

「以後再寫吧。」她自言自語道：「等他不在氣頭上了。」

她接著就走到樓上的餐廳。

壁爐裡大塊的木柴熊熊地燒著，牆壁上擺飾著各式步槍和卡賓槍。到處都是湧過來與艾格勒羅什伯爵握手的客人，伯爵一看就是那種鄉下的貴族，身體壯碩，脖子粗短，似乎天生就是爲打獵而生的。他站在壁爐前面，手持一大杯上等香檳，喝得興起。

奧爾棠絲心不在焉地與他擁抱了一下。

「怎麼了？叔叔，您平時都很節制的。」

「呵！一年就這一次，總該讓自己偶爾放縱一下。」

「嬸嬸會責備你的。」

「妳嬸嬸頭痛，不會下來了。再說，這也不關她的事。更不關妳的事，小東西。」他粗著嗓門說。

雷利納公爵走到奧爾棠絲身邊，這是個舉止優雅的年輕人，臉龐瘦削，有些蒼白，眼神忽而凌厲，忽而溫柔，忽而親切，忽而又滿是諷刺。

他俯身吻了吻姑娘的手，對她說：「親愛的夫人，別忘了答應我的事。」

「我答應的？」

「是啊，我們不是說好要繼續昨天那美妙的散步嗎？還要去看那塵封的老宅，就是那座好像叫阿蘭格日的城堡，外頭看起來挺吸引人的那個。」

她有些乾巴巴地回道：「很遺憾，先生，但是路程太遠了，我有點懶得去，我在園子裡轉一圈就回去了。」

兩人之間沈默了一會兒，塞日．雷利納盯著她的眼睛，用只有她聽得到的聲音笑道：「我確信您會遵守承諾讓我與您作伴的，這樣做很好。」

「對誰而言？對您吧，不是嗎？」

「對您也是，我保證。」

她微微紅了臉，反擊道：「我不明白您什麼意思，先生。」

「我不跟您打啞謎，路上的風景很漂亮，阿蘭格日城堡也很有意思，不會有比這更讓您愉快的散步了。」

「您太自以爲是了吧，先生。」

「而且還很固執，夫人。」

她擺出了惱火的姿態，但並不屑於回答他。她轉過身去，同周圍幾個人握了握手就出去了。台階下面，有個馬夫牽來她的馬，她跨上馬背向園子外面的樹林奔去。

天氣晴朗，微風吹拂的樹葉間露出了水晶般的藍天，奧爾棠絲沿著蜿蜒的小路往前走，不出半個鐘頭就來到了一處有溝谷和陡坡的地方。

她停了下來，四周很安靜，羅西尼應該是把車子熄了火，並藏在伊夫十字路口的樹叢裡。

離那片區域頂多只有五百公尺了，她猶豫片刻後跳下馬，隨便地拴住馬，這樣不費什麼功夫馬兒就可以掙脫韁繩回城堡，她用一條栗色的垂肩長面紗裹住臉，繼續往前走。

她沒猜錯，剛轉了個彎，她就看到羅西尼了。他跑上前來將奧爾棠絲拉進樹叢。

「快！快！唉呀！我怕我來晚了或是您改變了主意！您終於來了！這是眞的嗎？」

她笑了起來。

「看來您很高興做了這件蠢事呀！」

「我是很高興！我發誓，而且您也會高興的！」

「或許吧，不過我可不會做蠢事！」

「您想做什麼都可以，奧爾棠絲。您的生活會像童話故事裡的一樣。」

「那您就是英俊的王子囉！」

「您將會擁有所有的奢侈品、所有的財富。」

「我既不想要奢侈品，也不想要財富。」

「那您要什麼？」

「幸福。」

「我會對您的幸福負責的。」

她開了個玩笑：「我有點懷疑您帶給我的幸福。」

「您等著看……您等著看吧……」

他們走到了汽車旁。

羅西尼一邊高興地說，一邊發動汽車，奧爾棠絲上車後，裹了件大衣，汽車輾過小路上的青草，回到了剛剛的十字路口，羅西尼正準備加速，突然間右邊樹林裡一聲槍響，汽車左右晃動起來，羅西尼連忙剎車。

「前輪爆胎了！」羅西尼斷言，說著便下了車。

「不是這樣，是有人開槍了！」奧爾棠絲叫道。

「那是不可能的，親愛的，您在說什麼呢！」

就在這個時候響起了另外兩聲輕微的撞擊聲，隨後遠處接連兩陣爆炸聲，還是從樹林裡傳出來的。

羅西尼咬牙道：「後輪……也爆了。媽的！哪個強盜？要是讓我逮著，哼！」

他爬上路堤，卻一個人也沒發現，樹林裡的葉子擋住了他的視線。

「該死！」他恨恨道：「您說得對，有人朝我們的汽車開了槍，車開不了了，我們起碼得耽誤幾個鐘頭！三個輪胎得修理！喂，親愛的，您下車要做什麼呢？」

年輕的女子下了車，激動地朝他跑來。

「我要走了。」

「什麼？」

「有人開槍了，我想知道是誰？也想知道為什麼？」

「拜託，別離開我。」

「您認為我會等您好幾個鐘頭嗎？」

「但我們一起離開的打算呢？還有我們的計畫？」

「明天再說吧，您先把箱子帶著回城堡去。」

「拜託，不要這樣，這也不是我的錯呀！您反倒怪起我了。」

「我不怪您，但是，哎呀！要想拐走女人就不能爆胎呀！羅西尼，一會兒見吧。」

她急急忙忙地走了，好在馬還在那，她騎上馬，朝拉馬雷茲城堡反方向飛馳而去。

她清楚得很——三槍都是雷利納公爵開的。

「是他，」她生氣地嘀咕：「就是他，只有他才幹得出來。」

再說他不是信心滿滿地笑著通知她了嗎？「您會來的，我很確信……我等著您。」

她又怒又羞，哭了出來，若這時她迎面遇上雷利納公爵，絕對會恨不得抽他幾鞭。

前方是塊風景奇秀的地方，位於薩爾特省①北面，人稱小瑞士。途經的陡坡讓她不得不放慢腳步，再說她離目標還有好幾十公里的路。然而，即使怒氣消退，人也一點一點平靜下來，但她對雷利納公爵的抗拒卻半分也沒少。她恨他，不僅是因為他剛剛的卑劣行徑，更因為他三天以來對她所做的一切，他的殷勤、他的自信以及過份地不客氣。

她離目的地越來越近了，在山谷深處，穿過長滿青苔野草且龜裂的圍牆，可以看到一座城堡尖塔，還有幾扇關著的百葉窗，這就是阿蘭格日城堡。

她沿著牆轉了彎，塞日・雷利納站在入口處的半月堡中央等著她，他的馬就在旁邊。

她跳下了馬。當他手持帽子朝她走去感謝她的到來時，她叫道：「首先我要說句話，先生。剛剛發生了一件難以解釋的事，有人朝我乘坐的汽車開了三槍，是不是您開的？」

「是。」

她目瞪口呆。

「這麼說，您承認了？」

「您問了我一個問題，夫人，我做出了回答。」

「但是，您怎麼敢這麼做？您有什麼權利？」

「我不是在行使權利，夫人，我只是在履行義務。」

「是嗎？什麼義務？」

「保護您遠離一個想利用您不幸圖謀的男人的義務。」

「先生，我不允許您這麼說，我對我的行爲負責，我是在完全自由的情況下做出決定的。」

「夫人，今天早上我聽到您在窗邊和羅西尼先生的談話，在我看來您似乎並不樂意跟他走。我承認我插足此事有多粗魯冒昧，我謙卑的向您道歉，但是我寧願冒著被視爲粗人的風險，來多給您幾小時的時間思考。」

「先生，我已經深思熟慮過了，決定好的事是不會改變的。」

「會改變的，夫人，因為您現在出現在這兒而不是在他那裡。」

年輕的女子有些尷尬，她的怒氣已消，她驚訝地看著雷利納，那種驚訝，就像是看著那些與眾不同、做法驚世駭俗而又慷慨無私的人。她完全明白他的所作所為既無圖謀也無算計，只是簡單的如他所說，僅是一位紳士對一名誤入歧途的女子應盡的義務。

他溫和地對她說道：「我對您的了解並不深，夫人，但這粗淺的了解卻已足以讓我產生想幫您一把的念頭。您芳齡二十六歲，是個孤兒，七年前，您和艾格勒羅什伯爵的侄子成婚。伯爵的這個侄子很奇怪，精神有些問題，不得不被囚禁起來，因此您不可能離婚，加上您的嫁妝已被他揮霍殆盡，只好依靠艾格勒羅什伯爵生活，留在他身邊。這個家庭背景陰暗，伯爵和伯爵夫人不和，伯爵曾被自己的第一任妻子拋棄，那女人和伯爵夫人的第一任丈夫一起逃走了，留下來的兩人在惱怒之下結合在一起，然而他們的這段婚姻只有失望和怨恨，而您也受到了影響，一年中絕大多數時光都是在單調、乏味、平庸和孤獨中度過的。有一天您遇見羅西尼先生，他愛上了您，建議您逃走，您並不愛他，但是您百無聊賴、青春流逝，想要點意外和冒險……。總而言之，您同意了。您的意圖很清楚，之後會打發您的愛慕者，而且天真地希望這樁醜聞會迫使艾格勒羅什伯爵還錢給您，確保您能夠獨立生活，您就是這樣的情況。現在您應當作出選擇：看是要把自己交付到羅西尼先生手中，還是要選擇相信我。」

她抬眼看向他，他想要說什麼？他像個付出不求回報的朋友般，如此鄭重其事又是什麼意思？沈默了一會兒，他拉住馬繮，將兩匹馬拴上，接著他查看厚重的大門，每扇門都釘上了兩塊交叉成十字形的木板加固，二十年前的一份選舉布告說明了，從那以後再也沒有人踏入過這個城堡。

雷利納抓起一根支撐半月堡周圍柵欄的鐵樁用作槓桿，腐爛的木板就被他撬開了。其中有一塊下面有著鎖，他用一把厚實的多刃小刀和其他工具將鎖也撬開了，整個過程只用了一分鐘，門打開了。前面是一塊鳳尾草田，一直延伸到一幢破敗的大房子前，房子高處是個塔樓，上面一個類似觀景台的建築居高臨下，周圍四個角上都是鐘樓。

公爵轉向奧爾棠絲。

「別著急，」他說：「今天晚上，您可以做出決定，如果羅西尼先生再次說服了您，我以我的榮譽發誓絕不會再阻止您。但您再次決定之前，請留在我身邊，既然我們已經決定要參觀這座城堡，那就到處看看好不好？這也是一種打發時間的方式，而且我覺得挺有意思的。」

他說話的方式既像是命令，又像是請求，讓人不得不服從。年輕女子的意志一點一點的沉淪，但她甚至沒想到要從這種痲木遲鈍的狀態中抽身，她跟隨他向一處半毀的台階走去，上了台階可以看到一扇門，同樣用十字交叉的木板牢固地釘住。

雷利納用同樣方法打開了門，兩人進到一間很寬敞的門廳，地上鋪著黑白兩色石板，傢俱有老式的餐具櫃和教堂牧師用的座椅，室內裝飾有木質徽章，上面殘留有一隻盤踞在石頭上的鷹樣徽章，一層掛在旁邊門上的蜘蛛網罩住了所有這些東西。

「這很顯然是大廳的門。」雷利納斷言道。

這道門更難打開，他用肩膀又撞又搖才弄開了一扇門。

奧爾棠絲一言未發，看到他這一系列嫻熟的撬鎖動作她也很驚訝，他猜到了她的心思，轉過身認眞地對她說：「這些對我而言不過是孩子的把戲罷了，我曾經是個鎖匠。」

她突然抓住他的手臂小聲說：「聽！」

「什麼？」他問道。

她手上的力道更緊了，讓他也安靜了下來，很快他也喃喃道：「確實奇怪。」

「聽……聽……，」奧爾棠絲呆呆地重複道：「哦！怎麼可能？」

他們聽到離自己不遠的地方傳來乾澀的聲音。那撞擊聲重複著節拍，極細微，注意聽就能辨別出那是鐘錶的滴答聲。是的，確實在昏暗而寂靜的客廳裡響起的就是這個聲音，那種笨重的銅鐘擺發出的緩慢而極富節奏的滴答聲。這東西在一片死寂中還發出有節奏的脈動，沒有什麼比這個更讓他們驚訝的了。這是什麼樣的奇跡？什麼樣無法解釋的現象？

「但是，」奧爾棠絲不敢高聲，含糊說道：「但是沒人進來過呀！」

「是沒人。」

「但鐘二十年沒上發條還在走也太不可思議了？」

「是不可思議。」

「那是怎麼回事呢?」

塞日・雷利納將三扇窗戶打開,使勁把百葉窗捲了起來。

他們確實是在一間客廳裡,而且這間客廳收拾得井井有條。椅子都在原來的位置上,傢俱也一樣不缺。曾經住在這兒,將這兒布置成住所最私密所在的那些人什麼也沒帶就走了,不管是他們讀了一半的書還是那些放在餐桌或小茶几上的小擺件。雷利納仔細觀察了那口鄉下常見的舊鐘,鐘的外殼是精細的木頭雕花,下方有著橢圓形的玻璃,透過橢圓形的玻璃,可以看見鐘擺的盤面。他打開了鐘的外殼,下方吊在繩上的鐘擺已經不走了。此時突然傳來了喀嗟聲,鐘一連敲了八下,年輕女子永遠也忘不了那渾厚的鐘聲。

「這是怎樣的奇跡啊!」她喃喃道。

「眞是個奇跡。」他也斷言說,因爲這種簡單的裝置頂多只能走一個禮拜。

「您也沒看出有什麼特別之處嗎?」

「沒,什麼都沒有……或者至少……」

他俯下身,從鐘裡抽出一截被鐘擺擋住的金屬管對著亮處照了照。

「望遠鏡,」他沉思道:「爲什麼把它藏在這兒呢?而且還是拉長了放在這兒,奇怪,這意味著什麼?」

這時那鐘照例再次響了八聲（這類鐘通常都會重複再響一次），雷利納關上鐘殼，繼續搜索，一個很寬敞的出入口將客廳和一個小一點、類似吸煙室的房間相連通。小房間裡也有傢俱，但有個放步槍的櫥窗裡槍架是空的。旁邊的板上掛著本日曆，上面的日期是九月五日。

「啊！」奧爾棠絲驚訝地叫道：「正是今天！他們把日曆撕到了九月五日，今天剛好是二十周年紀念日！聞所未聞的巧合！」

「確實是聞所未聞，」他說道：「今天是他們離開的二十周年紀念……二十年前……」

「承認吧，」她說道：「這一切太讓人無法理解了。」

「是的，很明顯，但是……」

「您想到什麼？」

他停頓了幾秒鐘，回答說：「我奇怪的是那個被藏起來的望遠鏡，最後被扔在那兒，它是做什麼用的呢？從底樓的窗戶望出去只能看到花園裡的樹，可能從所有的窗戶看出去都是這樣，我們位在山谷裡，望不到天際，要用這個東西必須得爬到高處……您是否願意爬上去瞧瞧？」

她沒有猶豫，這次冒險過程中漸漸顯露的神秘激發了她強烈的好奇心，她現在一心只想跟著雷利納，幫助他一起尋找眞相。

他們通過主樓梯上到三樓，那邊有座通往觀景台的螺旋式樓梯，觀景台是一個露天平台，周邊圍著兩公尺多高的牆。

「從前這兒應該只是道短牆，後來被人塡起來了。」雷利納公爵評論說：「妳看，這兒曾經有些槍眼②，但是已經被堵住了。」

「不管怎麼樣，」她說：「望遠鏡在這兒也沒什麼作用，我們下去吧。」

「我不同意您的看法，」他說道：「按邏輯來說這裡應該可以看到通往鄰近鄉村的通道，所以望遠鏡應該正是用在這兒的。」

他靠手腕一撐，攀到了圍牆上，從那兒他發現整個山谷一覽無餘，原先園子裡的高大樹木遮住了視線，現在也盡收眼底了。遠方除了一個鬱鬱蔥蔥的山丘斷口處外，還有一座爬滿常春藤，已淪爲廢墟的矮塔，大約在七八百公尺外。

雷利納重新開始了他的搜尋，對他而言，似乎所有的問題都歸結於望遠鏡的用途。如果能發現望遠鏡到底是做什麼用的，問題就能迎刃而解。

他一個個研究那些被堵起來的槍眼，有一個，或者更準確的說，這些槍眼中有一個的位置特別引起了他的注意。在用於塡塞射孔的水泥中間有一個塡滿了泥土的凹洞，洞裡已經長出了草。

他將草拔去，又撥掉泥土，露出了一個小洞，這是個直徑二十釐米的洞，穿透了城牆。雷利納彎下腰，發現目光穿過這條又窄又深的裂縫，越過濃密的樹頂，沿著山丘的斷口處，剛好到達那座爬滿常春藤的塔樓。

而這個穿透城牆的洞裡，一條類似涓涓細流的槽剛好可以放置望遠鏡，而且嚴絲合縫，大小剛剛好，左右都無法移動半分。

雷利納早已將望遠鏡的鏡片外部擦乾淨，並且很小心的沒有碰到準星，他把眼睛湊到了小的那一端。

他小心翼翼且一言未發地看了三四十秒的時間，然後站起身，他聲音都變了調，說道：「太可怕了……眞的，太可怕了……」

「有什麼東西嗎？」她焦急地問道。

「您看看吧……」

她蹲下身子，但是畫面並不清晰。她將望遠鏡對準自己的視線，幾乎是同時，她顫抖地說道：「那是兩個草人，不是嗎？在塔樓頂上的？但這是爲什麼呀？」

「再看一次，」他重複道：「再仔細看看，帽子底下的……臉。」

「啊！」她身子發軟，叫道：「太恐怖了！」

望遠鏡視野裡呈圓形，像是光投影出的一幅景象是：毀了一截的塔樓平台上，遠處的牆要高一些，爬滿了常春藤，綠浪翻滾，像是畫布的背景。前面的一堆矮灌木叢中，有兩個人，一個男人和一個女人，半倚半壓在坍塌的石頭中。

但這兩個形體還能稱爲男人和女人嗎？兩個陰森的人架，穿著衣服，戴著破碎的帽子，已經沒有眼睛，沒有臉頰，沒有下巴，沒有一塊肉，成了眞眞實實的骷髏……

「兩具骷髏，」奧爾棠絲喃喃地說：「兩具穿著衣服的骷髏……誰把他們弄到那裡去的？」

「沒有人。」

「但……」

「這一男一女應該是很久很久以前就死在塔樓頂上的，衣服下面的肉腐爛後，烏鴉就啄去了……」

「但這太嚇人了！太嚇人了！」奧爾棠絲面色慘白地說道，她的臉因爲感到噁心都皺了起來。

半個鐘頭以後，奧爾棠絲和雷利納離開了阿蘭格日城堡。離開之前，他們一直走到那爬滿常春藤的塔樓，那是座有四分之三已經毀壞的城堡主塔殘留下來的部分，裡面是空的。算不上很久之前，人們應該是靠木梯和樓梯爬上去的，地上還有它們的殘骸。塔樓背靠著牆，這堵牆也是園子的邊界。

奇怪的是雷利納公爵不再進一步仔細調查，彷彿他對這件事已經完全沒有興趣了。奧爾棠絲對此也感到很奇怪。他甚至不再提這件事。當他們來到離得最近一個小村莊的客棧吃些東西時，還是奧爾棠絲問起了客棧老闆關於這座廢棄城堡的事。但她一無所獲，因爲老闆是新來的，什麼也說不上來，他甚至連堡主的名字都不知道。

他們又踏上了返回拉馬雷茲的路，奧爾棠絲好幾次都想起之前看到的可怖場景，而雷利納卻快活得很，對他的女件也極爲殷勤，似乎完全不關心那些問題。

「哎呀！這是怎麼一回事呀！」她不耐煩地叫道：「不能再這樣了！必須要解決才行。」

「的確，」他說道：「必須要解決，羅西尼應當知道分寸，您也應該就他的問題做個決定。」

她聳了聳肩膀。「呃！我說的是這個，是今天……」

「今天？」

「應當弄清楚那兩具屍體是怎麼一回事。」

「但羅西尼……」

「羅西尼會等著的，而我等不下去了。」

「也是，何況或許他的輪胎還沒修好呢，但是您要怎麼跟他解釋呢？這可是關鍵所在。」

「關鍵所在的是我們今天所看到的，您讓我看到了一個秘密，跟它相比，其他的都不重要了。您怎麼打算的？」

「我怎麼打算的？」

「是啊，這可是兩具屍體，您會通知警方的，不是嗎？」

「眞是善良的人！」他笑著說道：「通知警方做什麼？」

「但總該不惜一切代價弄清楚謎底吧，那可是幕可怕的慘劇……」

「就這點事，我們不需要靠別人。」

「怎麼會呢？您在說什麼呢？您知道了些什麼？」

「上帝啊，事情已經很清楚了，我就像是在書中讀到一篇附有插圖的長篇故事。簡單得很！」

她用眼角瞄了瞄他，懷疑他是不是在嘲笑自己，但他看起來可是一本正經的。

「那麼？」她戰慄著問。

太陽開始落下去了，他們騎得很快，靠近拉馬雷茲的時候，打獵的人也都往回走了。

「那麼，」他說：「我們就去向住在這兒的人多了解了解情況，您有合適的人選嗎？」

「我的叔叔，他從沒離開過這兒。」

「太好了，我們去問問艾格勒羅什先生，您就會明白其間的邏輯了，而只要抓住了事實的第一環，之後不管願不願意，我們都會接觸到最後的眞相，沒有什麼比這更有意思的了。」

回到城堡後他們就分手了，奧爾棠絲發現了自己的行李，還有羅西尼留下的一封信，措辭看得出來他很憤怒，信裡跟她道了再見，宣佈自己已經離開了。

「願主賜福他，」奧爾棠絲自言自語道：「這個滑稽的人找到了最好的出路。」

她已經完全忘記他對她的調情，還有他不務正業的宏偉計畫，在她看來，這個羅西尼比起幾個鐘頭前她還毫無興趣卻讓人困惑的雷利納，更讓她視爲陌路。

雷利納過來敲了她的門。

「您的叔叔在書房，」他說道：「您願意陪我去嗎？我已經跟他說我會去拜訪。」

她跟在他身後。

他又補充道：「還有件事，今天早上破壞您的計畫，請求您相信我的時候，我就對您做了個承諾，而這承諾我會馬上兌現，您會看到證明的。」

「您只承諾了一件事，」她笑著道：「那就是滿足我的好奇心。」

「您的好奇心會得到滿足的，」他認眞地說道：「而且比您所能預想的要多出很多，如果艾格勒羅什先生證實了我的推理的話。」

事實上艾格勒羅什先生正一個人待著，邊抽著煙斗，邊喝著雪利酒。他給雷利納也倒了一杯，但是雷利納沒有接受。

「妳呢，奧爾棠絲？」他問道，聲音有些壓抑：「妳知道的，我們這兒只有九月裡這幾天有些娛樂，好好利用吧。妳和雷利納散步散得怎麼樣？」

「我正想跟您聊聊這個呢，親愛的先生。」公爵打斷他道。

「不好意思，我再過十分鐘就得去火車站接我妻子的一位女性朋友。」

「哦，十分鐘足夠了。」

「就抽支煙的時間，嗯？」

「不會再久了。」

他在艾格勒羅什先生遞過來的煙盒裡拿了支煙點上，對他說道：「您聽聽，我們隨便走走，碰巧到了一座古老的城堡，這城堡您肯定知道的，就是阿蘭格日城堡。」

「當然了，但它是關著的，而且有柵欄圍著，我想該有二十五年了，你沒能進去吧？」

「不，我進去了。」

「噢！很有趣吧？」

「非常有趣，而且我們發現了很奇怪的事情。」

「什麼事情？」伯爵看了看表問道。

雷利納講述道：「有幾座柵欄封住了的屋子，井井有條的客廳，還有個鐘，在我們進去的時候奇跡般地響了……」

「都是些細碎的東西嘛。」艾格勒羅什先生喃喃道。

「奇怪的在後面呢，我們爬上了觀景台，在一座離城堡很遠的塔上看到了……我們看到了兩具屍體，更準確地說，是兩個骷髏，一男一女，被害時身上穿的衣服都還在。」

「喔！喔！被害？這只是你的假設吧？」

「這的確是我的假設，我們正是爲了這個才來打擾您的，這幕二十多年前的慘案當時難道沒有人知道嗎？」

「我發誓沒有，」艾格勒羅什伯爵斷言道：「我從來沒有聽說過這樁案子，也沒聽說過有人失蹤。」

「啊！」雷利納說道，似乎有些窘迫：「我本來還想能打聽點消息呢。」

「很遺憾。」

「既然這樣，不好意思，打擾了。」

他掃了奧爾棠絲一眼，向門口走去，突然間他又改變了主意：「親愛的先生，我想您至少能給我介紹幾個可能知道這件事的鄰居，或者是您的親朋好友……」

「我的親朋好友？爲什麼？」

「因爲阿蘭格日城堡過去曾經屬於、也許現在也還屬於艾格勒羅什家族。城堡裝飾的徽章上有一隻盤踞在石頭上的鷹，跟您城堡裡的徽章一樣，我一看到就明白其中的關係了。」

這次伯爵看起來有些吃驚了，他一把推開酒瓶和杯子說道：「你想告訴我什麼？我不知道這塊地方。」

雷利納笑著搖了搖頭：「親愛的先生，我很清楚您並不想要承認你們之間的某種親戚關係，您和……這位不爲人知的堡主。」

「你是指這位堡主不是什麼好人囉？」

「他殺了人，就這麼簡單。」

「你說什麼？」

伯爵站起了身，奧爾棠絲也非常激動，一字一句地問道：「您是否眞的確定這是一樁謀殺案，而且是由城堡裡的那個人犯下的？」

「完全確定。」

「爲什麼如此肯定？」

「因爲我知道兩名受害者是誰，也知道謀殺的動機。」

雷利納公爵字字鏗鏘，聽他說話會讓人覺得他已掌握了鐵證。

艾格勒羅什伯爵背著手在房間裡踱來踱去，最終說道：「我以前總有一種直覺，像是發生了什麼事，但我從未深究。事實上二十年前，我有個親戚，是個遠方堂兄，住在阿蘭格日城堡。因爲都是本家，我曾希望這件事永遠被塵埃掩去，我重複一遍，其實我並不知道這件事，只是有所懷疑。」

「那麼是這位堂兄殺了人囉？」

「是，他是被迫的。」

雷利納搖了搖頭。

「親愛的先生，很遺憾，我要修正一下這句話。事實恰恰相反，您的堂兄殺人的時候相當冷靜，而且手法卑鄙。我從未見過比這更冷血、更陰險的謀殺案了。」

「你知道了些什麼？」

到雷利納解釋的時候了，這沉重的時刻充滿了恐慌和焦慮，儘管奧爾棠絲還沒猜出公爵一步步探知的案情，也明白其中的嚴重性。

「事情相當簡單，」他說道：「有理由相信這位艾格勒羅什先生已經成婚了，並且阿蘭格日城堡附近還住著另外一對夫婦，他們和堡主夫婦是朋友。有一天發生了什麼呢？這四個人中是誰首先給兩戶人家帶來了麻煩呢？我說不上來。但我腦海裡馬上出現了一個版本，您那位堂兄的妻子艾格勒羅什夫人不時在那座爬滿常青藤的塔樓上和別人的丈夫約會，那座塔樓有一個出口直接通向鄉村。您的艾格勒羅什堂兄知道以後決定復仇，但他的方式很巧妙，不會引起醜聞，也不會有人知道那對姦夫淫婦已經被殺掉了，他就如我一樣觀察到城堡有個地方，就是從那個觀景台上，越過園中的樹木和山巒可以看到那座八百米之外的塔樓，而且只有從這個地方才能居高臨下看到塔頂。因此他在護欄上曾經有槍眼的位置打了個洞，靠著架在槽縫裡的望遠鏡觀察他們約會。也正是在這個位置，他採取了各種措施，計算好了距離，在某個九月五日星期天的時候，趁著城堡空無一人，兩槍打死了那對情人。」

眞相浮現，日光與黑暗交錯著，伯爵喃喃道：「是的……事情經過應該就是這樣……我的艾格勒羅什堂兄就是這樣……」

雷利納繼續說道：「殺人者，小心地用泥塊堵上了槍眼。誰又知道那座塔樓上竟有兩具屍體漸漸腐爛呢？沒有人會去那座塔樓，而且他很警醒地毀掉了木製樓梯。他只要解釋妻子和友人的失蹤就可以了，這也容易得很，他指控他倆私奔了。」

奧爾棠絲驚得一下子跳了起來，仿佛最後這句話揭露了一切，而且對她而言，眞相太出人意料了，她明白雷利納想推演到哪一步。

「您說什麼？」

「我說艾格勒羅什先生指控妻子和友人私奔了。」

「不，不是，」她叫道：「不會的，我不這樣認爲，那是我叔叔的堂兄，爲什麼把兩件事混爲一談？」

「爲什麼把這件事與發生在同一時期的另一件事混爲一談？」雷利納答道：「我可沒把它們混爲一談，親愛的夫人，這是同一件事，我只是把它發生的經過原原本本講出來。」

奧爾棠絲轉向自己的叔叔，他沈默不語，兩手交疊在胸前，頭被燈罩的陰影蓋住，他爲什麼沒有出言辯駁？

雷利納堅定地繼續道：「這分明是同一件事。九月五日的晚上八點鐘，艾格勒羅什先生可能以尋找逃跑的兩人爲藉口，封了城堡以後就離開了。他走的時候房子都還是原樣，只帶走了櫥窗裡的步槍。在最後關頭，他想到如果那個在預謀犯罪的過程中扮演重要角色的望遠鏡被發現的話，很有可能成爲調查的關鍵，如同今天發生的一切所證實的那樣。因此他將望遠鏡扔在了鐘裡，剛好阻斷了鐘擺的晃動。這個所有罪犯不可避免做出的下意識動作在二十年後出賣了他。我砸客廳門時產生的震動鬆開了鐘擺，鐘又開始走了，敲響了八點，我因此得到了引導我走出迷宮的亞麗亞德妮之線③。」

奧爾棠絲結結巴巴地說道：「證據……證據……」

「證據？」雷利納有力地反駁道：「證據多的是，您和我一樣清楚。如果不是一個靈活的射手，一個狂熱的獵人，誰能在八百公尺外殺人？難道不是嗎？艾格勒羅什先生？證據？爲什麼城堡裡什麼都沒動，除了步槍？步槍是一個狂熱的獵人割捨不了的。難道不是嗎，艾格勒羅什先生？那些槍不是全在這兒了？證據？還有，九月五日這個犯罪日期在殺人者骨子裡留下了可怕的回憶，每年這個時候，也只有在這個時候，他就會分散注意力；每年九月五日，他就會不顧自己一貫克制的作風。今天就是九月五日。證據？要是沒其他的了，這些對您而言還不夠嗎？」

雷利納伸手指向艾格勒羅什伯爵，而伯爵面對這段可怕的舊事重提已經癱倒在椅子上，把頭深深地埋進手臂間。

奧爾棠絲也沒有再反對，她從未喜歡過艾格勒羅什伯爵這個叔叔，其實準確的說應該是她丈夫的叔叔，她認可了雷利納對他的指控。

一分鐘過去了。

艾格勒羅什伯爵接連給自己倒了兩杯雪利酒，都飲盡了，起身走向雷利納。

「不管故事是眞是假，先生，我們不能將一個爲了自己的榮譽而復仇，除掉不忠的妻子的人稱爲罪犯。」

「不，」雷利納反駁道：「我只不過說出了故事的第一個版本，還有一個情節更爲嚴重的版本，而且可能更爲眞實。只要仔細地調查後，這個版本一定會成立。」

「你想說什麼？」

「是這樣。或許並不如我仁慈地假定的那般，這並不是一個伸張正義的丈夫，而是一個覬覦朋友的財富和妻子的破產男人。爲了得手，爲了獲得自由，爲了擺脫那個女人的丈夫和他自己的妻子，他下了個套，使得他們前往那座廢棄的塔樓，然後躲在很遠的地方槍殺了他們。」

「不，不是的，」伯爵抗議道：「不是這樣，這一切都不是眞的。」

「我不這麼認爲，我的指控是有證據的，當然也有直覺和推理，不過到目前爲止都是準確的。不管怎麼說，我希望第二個版本不是眞的，但如果第一個版本是眞的，那爲什麼還會內疚呢？懲罰罪犯是不會產生內疚的。」

「只要殺了人就會內疚，它會成爲負擔，壓得人喘不過氣來。」

「所以呢？艾格勒羅什先生不可能是因爲要給自己更多的力量才娶了受害者的遺孀吧？事實都在這兒，先生，爲什麼會有這樁婚姻？艾格勒羅什先生那時是不是破產了？他第二次娶的那個女人是不是很有錢？還是他們兩人彼此相愛，艾格勒羅什先生與那個女人共謀殺死了自己的第一任妻子和第二任妻子的丈夫？很多問題我都不知道，而眼下它們也沒什麼意義了，但是警方可以透過各種手段搞清楚這是怎麼一回事。」

艾格勒羅什先生踉蹌了一下。他不得不扶住椅背，臉色蒼白，結結巴巴地問道：「您會通知警方？」

「不，不會的，」雷利納宣佈道：「首先是時效問題，再者他經受了二十年的內疚和恐懼，犯罪記憶將伴隨他直到生命的最後一刻，加上家庭不和、仇恨、終日的地獄生活……，最後還不得不回到那裡抹去犯罪痕跡，登上那座塔樓，觸摸那些骷髏，脫去他們的衣服將他們埋葬。這些都是可怕的懲罰，已經足夠了，我們還是不要要求太多，不要把這件事公諸於眾，以免引發對您的侄媳婦（指奧爾棠絲）不利的醜聞。還是別這樣了，這些醜聞就隨它們去吧。」

伯爵在桌子前恢復了他原先的姿勢，雙手僵直地托著額頭，喃喃道：「既然如此，爲什麼……」

「爲什麼我要介入呢？」雷利納說道：「我說出這件事一定是爲了達到某個目的，不是嗎？的確如此，儘管懲罰微不足道，但它仍然是必須的，我們的談話也要有一個實實在在的結果。但別害怕，您無需付出太大的代價。」

交鋒結束了，伯爵覺得只剩下一道小小的手續要履行一下，自己必得做出一點犧牲，因此他又有了些把握，略帶諷刺的問道：「多少錢？」

雷利納笑了出來。

「很好，您很識時務，只是您弄錯了，問題不在我身上，我做這些爲的只是一種榮耀。」

「那……」

「我要您歸還財產。」

「歸還財產？」

雷利納在書桌前俯下身說道：「這裡面某個抽屜裡有一份需要您簽署的契約，是關於您和您的侄媳奧爾棠絲．丹妮爾之間的財產轉讓問題，她的財產是被她丈夫揮霍掉的，而您對此負有責任，簽了這份轉讓協議吧。」

艾格勒羅什先生驚得跳了起來。「您知道那有多少錢嗎？」

「我不想知道。」

「如果我拒絕呢？」

「我會要求見艾格勒羅什伯爵夫人。」

伯爵不再猶豫，打開抽屜取出一份蓋了印章的契約，他很快就簽完了。

「喏，」他說道：「我希望……」

「您和我一樣，希望我們之間不會再有交集？這點我確信不疑，我今晚就走，您的侄媳或許明天會離開。再見了，先生。」

客廳裡，客人們都還沒下來。雷利納把契約給了奧爾棠絲，她對自己剛剛聽到的一切都很驚訝，但還有些什麼東西，比那束毫不留情揭露了叔叔過去所作所爲的光更讓她詫異，那就是她面前這個男人天才般的洞察力和異於常人的清醒與明智。這個男人幾個鐘頭以來都操控著事情的進展，讓無人目睹的那樁案子的畫面一幅幅呈現出來。

「您對我還滿意吧？」他問道。

她向他伸出了雙手。「您把我從羅西尼那救了出來，又給了我自由和獨立，我打心底感謝您。」

「噢！我要的不是這個，」他說道：「我首先想要的是讓您開心，您過去的生活太單調，缺少新意，如今還是不是一樣呢？」

「您怎麼還能問這樣的問題？我才剛經歷了最扣人心弦、奇妙詭異的時刻。」

「這就是生活，」他說道：「如果我們懂得去觀察、去研究，冒險無處不在。破敗的茅屋中，乖巧之人的面具下，不論在哪，只要我們願意，就可以讓自己感動，可以去做好事，可以去幫助受害者，可以去消除世間的不公。」

她被他的力量和權威打動了，喃喃地說道：「您到底是誰？」

「只是個冒險家而已，一個喜愛冒險的人，生命的意義存在於那些冒險的時刻，不管是他人的經歷還是自己的親身體驗。今天的冒險讓您震驚，是因爲它衝擊了您的靈魂深處，不過其他的冒險也挺能讓人心激動的，您願意去體驗嗎？」

「怎麼體驗？」

「做我的冒險搭檔，遇上有人向我求援就和我一起去幫助他，如果我偶然間遇到或是我的直覺將我引入一條犯罪線索，或是碰上了個苦難的人，我們就結伴而行，您願意嗎？」

「願意，」她說：「但是……」

她猶豫了，她想找出雷利納是否有什麼秘密計畫。

「但是，」他笑著說出了她接下來的話：「您有些懷疑：『這個冒險愛好者想把我帶去哪兒呢？很明顯他很喜歡我，說不定哪一天他就會索取報酬。』您這樣想是有道理的，我們應該先訂個詳細的約定。」

「這個約定一定要非常詳細，」奧爾棠絲用玩笑的語氣說道：「我等著聽您的建議。」

他想了一會兒繼續說：「恩，有了。今天是第一次冒險，阿蘭格日城堡的鐘響了八下，我們就按照它的意思，也就是說還有七次的冒險，這三個月內我們就說好一起繼續探險，您願意嗎？還有您是否願意在第八次冒險結束的時候答應給我……」

「給您什麼？」

他打住了自己的回答。

「請您記住，如果這些冒險沒能成功的吸引您，途中您隨時有拋下我離開的自由。但如果您一直跟我堅持到最後，在三個月後，也就是十二月五日，在阿蘭格日城堡那口鐘第八聲鐘響的時候——請您確信它一定會響的，因爲那口鐘不會再停下了。完成第八件事，您就答應給我……」

「給您什麼？」她又問了一次，等得有些焦急。

他噤了聲，只看著她嬌嫩的唇，那便是他想要的補償，而他確信這位年輕的女子已經懂得了他的意思，無需明言了。

「我只要能看到您就夠了，不該是我，而應該是您來提條件，什麼條件呢？您想要什麼？」

她感激他對自己的尊重，笑著回道：「我想要什麼？」

「是啊。」

「我什麼困難的要求都可以提？」

「對想要贏得您的人而言，一切要求都將會很容易。」

「那如果我的要求是不可能的呢？」

「就是不可能才讓我感興趣。」

她說道：「我要您找一枚老式的胸針，是一塊鑲在金銀絲托架上的光玉髓。那是我的母親給我的，而她又是從她的母親那兒得來的。所有人都知道那枚胸針曾給她們帶來了好運，也曾給我帶來好運。而自它從小匣子裡不翼而飛之後，我一直不幸至今。把它還給我吧，天才的先生。」

「這枚別針是什麼時候被偷走的？」

她突然一陣高興：「七年前……或者是八年前……也有可能是九年前，我不太清楚了。我不知道是在哪丟的……也不知道是怎麼丟的……我什麼也不清楚……」

「我會找到它的，」雷利納確定地說：「您也會幸福的。」

譯註：

①薩爾特省：為法國的一省分，位於盧瓦爾河地區。

②槍眼：碉堡或牆壁上開的的小孔，供槍射擊防衛用。

③亞麗亞德妮之線（fil d'Ariane）：亞麗亞德妮是克里特國王米諾斯的長女。國王養了一頭怪物米諾陶，每年要吃七對童男童女。雅典王子鐵修斯（Thésée）決心到島上的迷宮裡除掉怪物。進迷宮前，他偶遇亞麗亞德妮公主，公主愛上了他，交給他一個線團以免迷路。鐵修斯殺死怪物後順著線團安然走出迷宮。

chapter 2

玻璃水瓶

奧爾棠絲・丹妮爾在巴黎安頓下來的四天後，她與雷利納公爵約好見面。在一個豔陽高照的上午，他們坐在帝國餐廳的露天咖啡座，彼此間顯得有些生分。

年輕女子過得不錯，看起來活潑而愉快，充滿了誘人的優雅，雷利納怕嚇著她，所以儘量不去提自己之前提出的那個約定。她講述了離開拉馬雷茲的經過，表示自己再也沒有聽到羅西尼的消息。

「我倒是知道他的消息。」雷利納說道

「是嗎？」

「是的，今天早上他找了幾個證人來，我們決鬥了，羅西尼肩部被刺中，事情就這樣結束了。」

「談點其他的吧。」

於是話題就從羅西尼身上轉移開，雷利納馬上向奧爾棠絲說出自己的兩個遠征計畫，不過卻有些漫不經心的邀請她一起參加。

他說道：「最好的冒險是出乎意料之外的，它往往是臨時的靈機一動，沒有預兆，除了內行人，其他人都不會注意到行動的機會就在身邊，唾手可得，而且必須馬上抓住它，哪怕是一秒的猶豫也會誤了時機。這是一種特別的感覺，就像獵狗的嗅覺一樣，可以從各種混雜的氣味中分辨出特定的那一種。」

旁邊的露天咖啡座漸漸坐滿客人，隔壁桌的一個年輕男子正在看報紙，他們可以瞥見他並不引人注目的側影和他那長長的棕色小鬍子。透過他們身後餐廳的一扇窗戶，飄來遠處樂隊的演奏聲，有一間廳裡還有幾個人在跳舞。

奧爾棠絲一一打量這些人，彷佛想要從中找出些蛛絲馬跡，透露出某人隱秘的不幸、悲慘的命運，或者是其犯罪行徑。

正當雷利納結帳的時候，旁邊那個長鬍子的年輕男子突然差點叫出聲來，隨後他哽咽著叫了服務生。

「多少錢？……你沒零錢找？啊！天哪，動作快點！」

雷利納毫不猶豫地拿起旁邊那男子剛剛看過的報紙，很快地掃了一眼，壓低聲音念道：「雅克・奧伯里爾的辯護律師杜爾丹在艾麗榭宮①接受了會見，有消息指出總統拒絕赦免罪犯，行刑時間定於明天上午。」

長鬍子的年輕男子穿過咖啡座走到花園的門廳時，迎面碰上了一位先生和一位女士擋住了他的去路，那位先生說道：「對不起，先生，只是我剛剛碰巧注意到了您的失態，是跟雅克・奧伯里爾有關，對吧？」

「是……是的……雅克・奧伯里爾……」年輕人結結巴巴地說道：「雅克和我從小就是朋友，我要去他妻子家裡……她一定痛苦得快要瘋了……」

「我是否可以爲您提供幫助呢？我是雷利納公爵，這位女士和我都很樂意去看看奧伯里爾太太，看看能幫什麼忙。」

年輕人被剛剛讀到的消息震住了，似乎還沒明白過來，他笨拙地自我介紹道：「杜德賀耶……加斯東・杜德賀耶……」

雷利納向在不遠處等候的私人司機格雷芒示意了一下，然後將加斯東・杜德賀耶塞進了車裡，問道：「地址？奧伯里爾太太的地址？」

「魯爾大街，二十三號乙……」

等奧爾棠絲一上車，雷利納就對司機重複了一遍地址，車剛上路，他便試圖詢問加斯東・杜德賀耶一些情況。

「我只知道個大概，」雷利納說道：「簡單向我解釋一下吧，雅克・奧伯里爾殺了他的一個親戚，是這樣吧？」

「他是無辜的，先生。」年輕人反駁道：「他看起來似乎無法證明自己的清白，但他是無辜的，我發誓，我跟雅克當了二十年的朋友……他是無辜的。這太殘忍了……」

雷利納從他那兒得不到其他有用的訊息，不過路程不算遠，他們過了薩布隆橋進入訥伊，兩分鐘之後，車子停在了一條又窄又長的小路前，兩面都是牆，他們沿著小路走到了一棟獨門獨戶，只有一層樓的房子前。

加斯東・杜德賀耶按下了門鈴。

「太太和她的母親在客廳裡。」開門的女傭說道。

「我去看看她們。」他說著便帶著雷利納和奧爾棠絲進去了。

客廳很大，傢俱布置得很漂亮，看起來平日裡像是用作書房的，裡面兩個女人都哭泣著，其中頭髮花白，上了年紀的那位走到了加斯東・杜德賀耶面前。加斯東向她解釋雷利納公爵爲什麼會過來，她一聽就哭著叫道：「這位先生，我女兒的丈夫是無辜的。雅克！他是好人裡的好人……他有著高尚美好的心！竟然說他謀殺了他的表兄弟！……他是愛他的，他愛他的表哥！我向您發誓他是無辜的，先生！就這樣處死了他天理不容啊！啊！先生，這會要了我女兒的命呀。」

雷利納明白了，幾個月來，他們都堅信雅克是無辜的，他們確信無辜的人是不會被處決的，如今行刑的消息讓他們快瘋了。

他走向那個可憐的年輕女人，她蜷縮著，美麗金髮襯托下的臉龐因爲絕望而顯得扭曲，奧爾棠絲早已在她身旁坐下，輕輕地拉過她，讓她靠著自己的肩膀。

雷利納對她說道：「太太，我不知道能爲您做些什麼，但我以我的名譽向您保證，如果這個世上還有人能幫得上您的話，那就是我。因此我請求您回答我的問題，您就當作您清晰明確的回答可以扭轉整個局面，就當作您願意與我分享您對雅克・奧伯里爾的看法，因爲他是無辜的，不是嗎？」

「哦！先生！」她的靈魂震了一下，叫道。

「好的，您沒法將您對丈夫的信任傳達給警方，那您就告訴我吧，我不會讓您因爲描述整個細節而再重溫一次那可怕的苦難經歷，只是請您簡單地回答幾個問題就行了，您願意嗎？」

「請講吧，先生。」

她已經被控制住了，雷利納只用了幾句話就讓她屈服了，使得她願意聽從雷利納的指揮。奧爾棠絲又一次了解雷利納這個人身上的力量、權威和說服力。

在請她的母親和加斯東・杜德賀耶保持絕對的安靜後，他問道：「您的丈夫是做什麼的？」

「保險經紀人。」

「生意順利嗎？」

「直到去年都很順利。」

「這麼說來，今年這幾個月以來不太順利，那手頭上有點緊囉？」

「是的。」

「犯罪是發生在什麼時候？」

「三月的一個禮拜天。」

「被害者是？」

「一個遠方表哥，紀堯姆先生，他住在敘雷訥②。」

「被盜金額？」

「六十張面額一千法郎的紙幣，是那位表哥前一天晚上剛收回來的一筆債務。」

「您的丈夫知道這件事嗎？」

「知道的，就在那個週日，紀堯姆表哥在電話裡告訴他的。雅克還堅持要他不要把這麼大一筆錢放在家裡，讓他第二天就去銀行存起來。」

「這是早上的事嗎？」

「是下午一點鐘，雅克本來要騎摩托車去紀堯姆表哥家，但當時他已經很累了，所以就告訴紀堯姆表哥說不去了，一整天都沒出門。」

「他一個人嗎？」

「是的，一個人，兩個女傭放假不在，我和媽媽還有我們的朋友杜德賀耶去了泰爾納電影院，當晚我們得知紀堯姆表哥被殺的消息，第二天早上，雅克就被逮捕了。」

「罪名是什麼？」

這個不幸的女人猶豫了一下——罪名一定相當嚴重。雷利納對她做了個手勢，她一口氣回道：

「兇手騎著摩托車去了敘雷訥，現場的輪胎印是我先生的摩托車所留下的。現場還遺留著一塊手帕，上面有我先生姓名的縮寫，殺人的手槍也是他的。最後我們有個鄰居聲稱三點鐘的時候看見我先生騎著摩托車出去，另外一個鄰居則看見他四點半的時候回來，而犯罪正是在四點鐘發生的。」

「雅克・奧伯里爾怎麼爲自己辯護呢？」

「他很肯定自己一下午都在睡覺，在這段時間裡可能有人來，打開車庫門後騎著摩托車去了敘雷訥。至於手帕和手槍，它們都在摩托車行李架上的帆布包裡，殺人犯使用它們也沒什麼奇怪的。」

「這種解釋的確說得通……」

「是的，但是警方提出了兩點反駁意見。首先，沒有人，絕對沒有人知道我丈夫一整天都會待在家裡，因爲他本來每個週日下午都會騎摩托車出去的。」

「第二點呢？」

年輕的女人臉紅了，喃喃道：「兇手在紀堯姆表哥那裡喝了半瓶紅酒，瓶子上被驗出有我丈夫的指紋。」

她似乎已用盡了全部的力氣，原本因爲雷利納介入而使她身上激起的無意識希望，在一層層的證據累積下突然消失了。她癱軟下去，陷入一種沉寂的夢境中，縱使奧爾棠絲滿是愛意的關切也無法爲她排解。

她的母親結結巴巴地說：「他是無辜的，不是嗎，先生？人們不會懲罰無辜的人的，他們沒有權利那樣做，他是我女兒的命根子啊。噢！天啊，我的天啊，我們做錯了什麼，他們要這樣折磨我們啊？我可憐的瑪德萊娜……」

「她會尋死的，」杜德賀耶害怕地說道：「她一想到雅克被送上斷頭台就會受不了的。很快……說不定今晚……她就會尋死的。」

雷利納在室內來來回回地踱步。

「您已經什麼都無法做了，是不是？」奧爾棠絲問道。

「現在是上午十一點半，」他憂慮地回道：「明天早上就行刑了。」

「您認爲他有罪嗎？」

「我不知道，我不知道，他不幸的妻子這麼相信他，這讓人無法忽視。兩個人一起生活了好幾年，這點上他們沒法欺騙對方。但是……」

他在一張長椅上躺下，點燃了一支香煙，他接連抽了三支，沒有人去打擾他的靜思，他不時看看表，時間是如此的重要！

最後他回到瑪德萊娜・奧伯里爾身邊，握住她的手，輕輕地對她說：「您不應當尋死，只要不到最後一刻，我們就沒輸。我向您承諾，我不到最後都不會放棄，但我需要您冷靜下來，保持信心。」

「我會冷靜的，」她楚楚可憐地說道。

「您會充滿信心嗎？」

「我會的。」

「很好，等著我，我兩個小時以後就會回來。杜德賀耶先生，您和我們一起去吧？」

上車以後，他問年輕人：「您知不知道巴黎哪裡有人不多的小餐廳，也不要太遠的？」

「呂特西亞餐廳，就在泰爾納廣場一樓，我就住在那邊。」

「太好了，這個地點很合適。」

他們一路上話說得不多，只有雷利納在詢問加斯東・杜德賀耶。

「我記得鈔票一般都有編號，是吧？」

「是的，紀堯姆先生有將那六十張鈔票的號碼記在小本子上。」

片刻之後，雷利納喃喃道：「問題關鍵就在這，那些錢去哪了呢？一旦拿出來使用，那兇手就逃不掉了。」

呂特西亞餐廳的電話在一個小包廂裡，雷利納就要求在那個包廂裡用餐。當房內只剩下他和奧爾棠絲還有杜德賀耶時，他馬上毫不猶豫地拿起了電話。

「喂，小姐，請接警察局。喂……喂……是警察局嗎？請幫我轉局長辦公室，有很重要的情況，我是雷利納公爵。」

他一手握著話筒，轉頭問加斯東．杜德賀耶：「我可以把人約到這兒來嗎？應該不會有人來打擾我們吧？」

「當然。」

他開始繼續講電話。

「你是局長秘書嗎？啊！很好，秘書先生，我曾有幸和帝杜伊局長打過交道，在好幾樁案子裡都向他提供了相當有用的線索，他不會不記得雷利納公爵的。這次我可以告訴他，在哪兒能找到那六十張面額一千法郎的紙幣——殺人犯奧伯里爾從他表哥那兒偷走的，希望他對此有興趣，能派名警探來泰爾納廣場的呂特西亞餐廳。我和一位女士還有奧伯里爾的朋友杜德賀耶先生會在這兒，謝謝，秘書先生，再見。」

雷利納掛掉電話，發現身邊的奧爾棠絲和加斯東．杜德賀耶都一臉詫異。

奧爾棠絲喃喃道：「您知道？您已經發現了？」

「完全沒有，」他笑著說。

「那？」

「那我就假裝知道就好了，這也是一種方法，我們吃飯吧，好不好？」

此時掛鐘指向了十二點三刻。

「最多二十分鐘，」他說，「警察局的人就會來了。」

「如果沒人來呢？」奧爾棠絲反問道。

「那會讓我非常驚訝，如果我讓人跟帝杜伊說：『奧伯里爾是無辜的』，那一點用也沒有，在行刑前一天，千萬不要想說服這些員警或是法官先生一名死刑犯是無辜的！雅克・奧伯里爾現在已經是任人宰割了，但六十張鈔票，這可是意外的收穫，所以他們不怕添點小小的麻煩。要知道，那些還沒找到的鈔票可是指控奧伯里爾殺人的證據中最大的弱點。」

「但是您什麼都不知道……」

「親愛的朋友，您允許我這麼稱呼您嗎？親愛的朋友，當有形現象無法解釋的時候，就要採用某種能讓該現象的各種表現形式都得以解釋的假設。這樣就可以解釋事情是怎樣發生的，我就是這麼做的。」

「這麼說您已經做假設了？」

雷利納沒有回答，過了很久，飯快吃完的時候，他才又開口說道：「顯然，我是做出了某種假設。如果我還有幾天的時間，我會先努力證實這個假設，這個假設既是憑著我的直覺，也是以我觀察到的幾個零碎的事實爲依據。但是我只有兩個小時的時間，所以我踏上了一條未知之路，而我確定它一定會將我導向事實的眞相。」

「如果您弄錯了呢？」

「我別無選擇，再說已經太晚了，有人在敲門。啊！還有一件事，一會兒不管我說什麼，您都別否認，另外您也是，杜德賀耶先生。」

他打開門，一個瘦瘦且留著棕紅色鬍子的男人走了進來。

「雷利納公爵？」

「是我，先生。您大概是帝杜伊局長派來的吧？」

「是的。」

新來的這位自我介紹道：「探長莫里棱。」

「感謝您能趕來，探長先生，」雷利納公爵說道：「帝杜伊先生派您來我特別高興，因爲我知道您幾件案子的情況，我很欣賞您的辦案。」

探長微微傾了傾身子，這番奉承讓他很受用。

「帝杜伊先生讓我完全聽從您的吩咐，還有另外兩位警探，我讓他們留在廣場上，他們和我都是從一開始就負責這個案子的。」

「不會佔用您很長時間，」雷利納宣佈道：「我就不請您入座了，幾分鐘內就能解決，您知道是什麼事嗎？」

「從紀堯姆那兒偷走的六十張面額一千法郎的鈔票，這張單子上有編號。」

雷利納仔細看了單子，確認說：「就是這些沒錯。」

莫里梭警探看起來很激動，「局長對您的發現非常重視，您是不是能告訴我鈔票在哪？」

雷利納沈默了一會兒，宣佈道：「探長先生，經過我個人的嚴密調查，正如我剛剛告訴您的那樣，殺人犯從敘雷訥回來之後，將摩托車停入了魯爾大街的車庫，接著一路跑到了泰爾納廣場，進了這棟房子。」

「進了這棟房子？」

「是的。」

「但他來這兒做什麼？」

「把他的偷竊成果藏起來，就是那六十張千元大鈔。」

「怎麼會？藏在哪兒了？」

「在六樓的一間公寓裡，他有那兒的鑰匙。」

加斯東・杜德賀耶嚇呆了，叫道：「但六樓只有一間公寓，而且是我住的。」

「正是如此，因爲那時您和奧伯里爾太太還有她的母親待在電影院，所以有人利用了您不在的這個機會……」

「不可能，只有我才有鑰匙。」

「那人沒用鑰匙就進去了。」

「但我沒發現任何痕跡。」

莫里梭插了進來：「等等，我們來整理一下。您是說鈔票被藏在杜德賀耶先生的家裡？」

「是的。」

「但是既然雅克．奧伯里爾第二天早上就被捕了，所以那些鈔票應該還在那兒囉？」

「我是這樣認爲的。」

加斯東．杜德賀耶忍不住笑了起來。

「這太荒唐了，要是屋子裡眞有鈔票，我會發現的。」

「您有找過嗎？」

「沒有，但我隨時都能發現，我住的地方不過巴掌大的一塊地，您想要去看看嗎？」

「不管多小，藏六十張鈔票還是綽綽有餘的。」

「當然，」杜德賀耶說道：「當然，一切都有可能。但是我要向您重申一遍，在我看來，沒有人去過我家。只有一把鑰匙，而且家事都是我自己做的，所以我不太明白……」

奧爾棠絲也不明白，她盯住雷利納的眼睛，試圖看透他內心的眞實想法。他在玩什麼花樣？她是否應該支持他的論斷呢？她最後說道：「探長先生，既然雷利納公爵聲稱鈔票被放在那兒了，最簡單的方法不就是去找找嗎？杜德賀耶先生會帶我們去的，不是嗎？」

「馬上就去，」年輕人說道：「這的確是最簡單的做法了。」

四個人一起爬上了房子的六樓，杜德賀耶開了門，他們便進去了。地方很小，兩個房間加上兩間廁所，都收拾得井井有條。屋內每一張扶手椅和靠背椅的位置都是一直固定不變的，就連煙斗和火柴都在各自固定的架子上。三根手杖分別用釘子懸掛在牆壁上，按大小順序排列著。窗前有一張獨腳小圓桌，上面放了一個放帽子的帽盒，盒子裡面都是絲絹，杜德賀耶小心地把氈帽放到上面……接著將手套鋪放在一旁的蓋子上。他的動作沉穩，甚至有些機械，就像那種喜歡看到所有東西都在自己選定的位置上擺放著的人。因此雷利納每動一樣東西，他就做出輕微的抗議姿勢。他拿起帽子戴到頭上，打開窗戶，手肘倚在窗沿上，轉過身去，仿佛無法忍受這種類似褻瀆的場景。

「您很確定，是嗎？」警探問雷利納。

「是的，是的，我確信犯罪發生後，六十張紙幣是被藏到這兒來了。」

「那我們找吧。」

整個過程很簡單，很快就完成了。半個小時以後，沒有一個角落逃過搜索，甚至沒有一件小擺設沒被拿起來檢查過。

「什麼也沒有，」莫里梭警探說道：「我們還要繼續嗎？」

「不用了，」雷利納說道：「紙幣已經不在這兒了。」

「您想說什麼？」

「我想說有人將它換地方放了。」

「是誰？說說看您在指控誰。」

雷利納沒有回應，但是加斯東·杜德賀耶的態度突然一百八十度大轉彎。他激動地說道：「警探先生，您是否願意讓我說出這位先生話裡出現的指控？他意味著這裡有一個不誠實的人，發現殺人兇手藏在這兒的紙幣，於是他就將之據爲己有，存到另一個更安全的地方。您是這個意思吧，先生？您是在指控我偷了這些錢，不是嗎？」

他向前走了幾步，拍著胸脯說道：「您說我！我！我發現了這些錢！而且早就將這些錢據爲己有！您竟然敢這樣指控我……」

雷利納還是沒有回答，杜德賀耶火了，把莫里梭警探拉到一邊叫道：「警探先生，我強烈地抗議這齣鬧劇，抗議您在什麼都不知道的情況下在其中扮演的角色。您來之前，雷利納公爵對我和奧爾棠絲女士說他什麼都不知道，他只是在冒險，順著他的假設，靠著運氣去尋找眞相，我說的對吧，先生？」

雷利納沒有反對。

「說話呀，先生！給我們解釋一下，您連一樣證據都沒有，就編造這種不可能的事實！指控我偷錢很容易。但也要弄清楚這錢是否曾在這？是誰帶來的？爲什麼殺人犯選擇了我的公寓來藏錢？這一切太荒唐了，不合邏輯，是愚蠢的！證據，先生！至少給我們個證據！」

莫里梭警探看起來很困惑，他用眼神詢問雷利納。

雷利納鎮定地宣佈：「既然您想要詳細的解釋，那就由奧伯里爾太太來解釋吧，她有電話。我們先下樓吧，只要一分鐘我們就能確定了。」

杜德賀耶聳了聳肩。

「就按您的意思做吧，不過這只是在浪費時間！」

他看起來很惱火，太陽很大，他在窗邊停留得久了，被曬的滿頭是汗。他去房間裡拿了一罐裝水的玻璃瓶，喝了幾口，將瓶子放在窗台上。

「走吧。」他說道。

雷利納公爵冷笑道：「您似乎急於離開這兒？」

「我急於讓您啞口無言。」他反駁道，摔門出去了。

他們下了樓，回到那個有電話的包廂裡。裡面沒有其他人，雷利納向杜德賀耶要了奧伯里爾家的號碼，拿起話筒打了電話。

女傭過來接了電話，她回說奧伯里爾太太因爲太過絕望，剛剛昏了過去，現在正睡著。

「叫她的母親來吧，我是雷利納公爵，有急事。」

他將旁邊的分支聽筒給了莫里梭聽，通話的聲音很清晰，杜德賀耶和奧爾棠絲都可以聽到談話的內容。

「是您嗎，夫人？」

「是我，雷利納公爵是嗎？啊！先生，您要跟我說什麼？還有希望嗎？」老夫人哀求道。

「調查進展很令人滿意，」雷利納宣稱說：「您可以抱著希望，現在我要向您打聽一條很重要的資訊。犯罪發生的那天，加斯東．杜德賀耶有去你們家嗎？」

「來了，他是午餐過後來接我的女兒和我的。」

「他那時候是否已經知道紀堯姆表哥家裡有六萬法郎？」

「知道的，我告訴他了。」

「雅克．奧伯里爾因爲身體有些不適，沒有同往常一樣騎摩托車去兜風，而是在家睡覺是吧？」

「是的。」

「您確定嗎，夫人？」

「完全確定。」

「你們三個一起去了電影院？」

「是的。」

「你們坐在一起看了電影？」

「啊！不是的，當時沒有三個一起的空位了，他坐在遠一點的地方。」

「您能看見他坐的地方嗎？」

「不能。」

「但中場休息③的時候他有來找你們了吧？」

「沒有，我們直到散場才看見他。」

「這樣的說詞您確定嗎？」

「確定。」

「很好，夫人，一個小時之後，我就會向您報告我的工作，不過請先別叫醒奧伯里爾太太。」

「如果她自己醒了呢？」

「讓她放心，給她信心，一切都越來越好，比我原先希望的好多了。」

他掛了電話，笑著轉向杜德賀耶：「嗯！嗯！年輕人，情況開始有轉機了，您怎麼看？」

這些話是什麼意思？雷利納從通話中得出了什麼結論？周圍一片沉寂，壓得人難受。

「探長先生，您在廣場上有人手，是吧？」

「兩名警探。」

「最好請他們過來，另外請老闆不管發生什麼事都別來打擾我們。」

莫里梭回來以後，雷利納關上了門，站到杜德賀耶面前，好脾氣地一字一句地說道：「總而言之，年輕人，那個周日下午三點到五點之間，兩位女士其實並沒有看見你，這可奇怪得很。」

「這很正常，」杜德賀耶反駁道：「再說這也證明不了什麼。」

「年輕人，有人證明你有整整兩個小時的空檔。」

「顯然我兩個小時都在電影院。」

「或者是在其他地方。」

杜德賀耶盯住了他。

「或者其他地方？」

「是的，因爲你是自由的，你有時間可以隨心所欲地散散步，例如去敘雷訥轉轉。」

「哦！哦！」年輕人也開玩笑說道：「敘雷訥可是挺遠的。」

「很近！你不是有你的朋友雅克・奧伯里爾的摩托車嗎？」

話音落後又是一片沉寂，杜德賀耶皺起了眉頭，似乎在試圖理解這句話，最後可以聽到他嘀咕的聲音：「他就是想繞到這上面來……啊！無恥……」

雷利納拍了拍他的肩膀。

「別再裝模作樣了，事實就是這樣！加斯東・杜德賀耶，你是當天唯一知道兩個關鍵的人：其一，紀堯姆先生家裡有六萬法郎；其二，雅克・奧伯里爾不會出門。你當時很快就想到該做些什麼了，你在電影放映的時候離開，到雅克・奧伯里爾家騎摩托車去了敘雷訥，然後殺了紀堯姆先生，拿了那六十張鈔票回到家，五點鐘的時候，你又再去與兩位太太碰頭。」

杜德賀耶半是嘲笑，半是震驚的聽著，還不時地看看莫里梭探長，似乎想讓探長覺得：「這人瘋了，別怪他。」

雷利納講完後他便笑了起來。

「太可笑了，多好的一個笑話啊。這麼說被鄰居們看見去而復返的那個人是我囉？」

「是你，不過你穿了雅克・奧伯里爾的衣服做僞裝。」

「在紀堯姆先生那裡發現的酒瓶上的指紋也是我的了？」

「那瓶酒是雅克・奧伯里爾在家裡吃午餐的時候打開的，是你將它作爲物證帶去那的。」

「越來越好笑了。」杜德賀耶叫道，他看起來眞的覺得這樁事很可笑。

「這麼說，是我爲了使雅克・奧伯里爾被控犯罪而策劃了整件事囉？」

「這是使你免於受到調查懷疑的最好辦法。」

「的確，但雅克和我從小就是朋友。」

「你愛著他的妻子。」

年輕人跳了起來，突然變得很憤怒。

「您眞是無恥！……這算什麼！簡直就是侮辱！」

「我有證據。」

「都是謊話，我一直對奧伯里爾太太非常尊重，對她敬愛有加……」

「那只是表面上，其實你愛她，你想要得到她，別否認，我掌握了所有證據。」

「說謊！您只不過剛剛才認識我。」

「算了吧，我幾天前就開始在暗處監視你了，一直在等待時機扳倒你。」

他抓住年輕人的肩膀，用力地搖晃他。

「算了吧！杜德賀耶，承認吧！我掌握了所有證據。我有證人，待會兒我們就可以在警察局長那見到他們。還是承認吧！不管怎麼說，你也被內疚折磨著。你還記得你早上在咖啡座看到報紙時的驚恐吧，嗯？雅克・奧伯里爾被判了死刑……你本不想這樣的！對你而言，讓他坐牢就夠了。但是斷頭台……雅克・奧伯里爾明天就要行刑了，他可是無辜的！還是承認吧，爲了拯救你自己，承認吧！」

雷利納用盡全力想彎下他的身子，試圖逼他承認，但杜德賀耶挺起腰，帶著幾分輕蔑冷冷地宣佈道：「您瘋了，先生。您說的沒一句合理的，您所有的指控都是編造的。還有那些紙幣，您是否有像您斷定的那樣在我家裡找到它們嗎？」

雷利納被激怒了，向他亮出了拳頭。

「啊！惡棍，我要剝了你的皮，走著瞧。」

他又對警探說道：「好，您怎麼說？一個壞透了的無賴，不是嗎？」

警探點了點頭。

「可能吧，但不管怎樣，到目前爲止，沒有任何實質性的證據……」

「等著吧，莫里梭先生，」雷利納說道：「等我們見了帝杜伊先生，因爲我們會在警察局見到他的，對吧？」

「是的，他三點的時候會在警察局。」

「好，您會明白的，探長先生！我預先告訴您，您會明白的。」

雷利納冷笑著，仿佛一切盡在掌控中。奧爾棠絲就站在他身邊，他們可以不被別人聽到小聲的說話，她低聲道：「您咬定他了，是不是？」

他點頭表示同意。

「我的確就是咬定他了！但這其實是代表，跟開始的時候相比，我其實完全沒有進展。」

「這太可怕了！那您的證據呢？」

「證據連影都沒有，我原本希望能嚇倒他，但這混蛋竟然恢復了鎮定。」

「但您確定是他嗎？」

「只有可能是他，我一開始就有這種直覺，所以沒讓視線離開過他。我發覺隨著我的調查圍著他打轉、向他靠近，他也變得越來越焦慮，現在我確定了。」

「他愛奧伯里爾太太？」

「邏輯上來說是這樣的，不過這些只是理論上的假設，或者只是我個人認爲是確定無疑的。但靠這個可沒法攔住斷頭台上的鍘刀。啊！要找到那些鈔票，才能使帝杜伊先生相信，否則，他只會把我當笑話看。」

「那麼？」奧爾棠絲喃喃道，因爲不安，她的心陣陣發緊。

他沒有回答，他在房裡踱來踱去，裝作很高興的樣子，搓著手，表現出一切都進展得很順利，而處理那些迎刃而解的事讓他愜意得很。

「要不我們去警察局吧，莫里梭先生？局長應該在那了。就我們現在的進展已經差不多了，杜德賀耶先生願意陪我們一起去嗎？」

「爲什麼不呢？」他帶著傲慢的神氣說道。

然而就在雷利納打開門的時候，走道裡傳來了聲音，老闆一邊比劃著，一邊跑了過來。

「杜德賀耶先生還在嗎？杜德賀耶先生，您的公寓著火了！有個路人通知了我們……他從廣場上看到了火苗。」

年輕人的雙眼亮了一下——或許只有半秒鐘，他壞壞地笑了笑，而雷利納發現了。

「啊！惡棍，」雷利納叫道：「你出賣了你自己！是你放的火，現在那些鈔票都燒起來了。」

雷利納攔住了他的去路。

「讓我過去，」杜德賀耶叫道：「我的住處著火了，別人進不去，沒人有鑰匙。你看，鑰匙在這兒……讓我過去，該死的！」

雷利納從他手中奪過鑰匙，一把抓住他的領子：「別動，你這傢伙，現在你輸定了。啊！無賴……莫里梭先生，您是否能命令您的警探看住他？如果他想逃跑就一槍斃了他。兩位警官，我們就靠你們了，他一逃跑就一槍射他的腦袋……」

他迅速衝上樓梯，奧爾棠絲和探長緊隨其後，探長先生心情很不好，抗議道：「喂！這是怎麼回事呀，不可能是他放的火吧？他根本沒離開過我們一步。」

「哼！當然，他之前就已經先布置好了。」

「怎麼回事，再說一次？是怎麼回事？」

「我哪知道！但不可能就這麼著火了，無緣無故的，而且剛好是要毀滅罪證——燒掉鈔票的時候。」

上面傳來吵雜聲，飯店的夥計正想把門撞開，樓梯間裡充斥著嗆人的味道。

雷利納到了頂樓。

「讓一讓，朋友們！我有鑰匙。」

他將鑰匙插入鑰匙孔，打開了門。

一股濃煙迎面撲來，好像整個樓層都著火了似的，但是雷利納很快就發現，因為缺少易燃的物品，火已經自己滅了，連火苗都已經沒了。

「莫里梭先生，沒人跟我們一起進來，是吧？再小的麻煩也可能會造成妨礙的。把門關了鎖上，這樣會更好一點。」

他走到前面的一間房裡，顯然主要的火源在那。傢俱、牆壁和天花板都被煙熏黑了，不過並沒有被燒到。事實上，燒著的只是些屋子裡的紙，正在窗前漸漸燃盡。

雷利納拍了下腦門。

「眞是笨！我眞是笨得可以！」

「怎麼了？」警探問道。

「放在獨腳小圓桌上放帽子的那個帽盒，他就是把錢藏在那裡。我們剛剛檢查的時候，錢一直在那裡。」

「不可能！」

「是的，我們一直忽略了那個藏東西的地方，它太顯眼了，就在手邊！怎麼會想到小偷把六萬法郎放在打開的帽盒裡，而他在進門的時候隨手就把帽子放在上面。我們就沒想到要去翻那裡面……杜德賀耶這一手眞是高明！」

警探還是無法相信，重複道：「不，不會，不可能。我們一直和他在一起，他沒法放火呀。」

「一切都是事先準備好的，以防出現突發情況……箱子……絲絹……紙幣……這些都浸上了易燃的液體。他可能在走的時候扔下了一根火柴，或者什麼會起火的化學藥劑，我哪知道！」

「但我們會看見呀，該死！還有，一個爲了偷六萬法郎而殺了人的傢伙就這樣把錢都燒了，這說得通嗎？如果說他藏錢的地方是如此完美──它的確是很完美，我們都沒發現。爲什麼又要毀了這些錢呢，這不是畫蛇添足嗎？」

「他害怕了，莫里梭先生。別忘了，他賭上的可是自己的腦袋。什麼都沒有也比上斷頭台來得強，這些錢是唯一可以指控他的證據，他怎麼會留著呢？」

莫里梭驚呆了。

「怎麼會？唯一的證據……」

「當然是了！」

「但您的證人，您的指控呢？您要對局長說的那些呢？」

「那些都是虛張聲勢。」

「好，這眞是……」警探暈了，咕噥道：「您可眞是沉得住氣！」

「沒有那些您會信嗎？」

「不會。」

「那您還抗議什麼？」

雷利納彎下腰撥弄著那些灰，但是這些發硬的紙張殘片都已經面目全非了。

「什麼也沒有，」他說道：「這眞是古怪！他到底是怎麼點火的呢？」

他站起身來思索著，目光專注。奧爾棠絲覺得他投入了全部的精力，而在這濃濃黑暗中的最後一戰結束後，他不是找到反敗爲勝的方案，就是承認自己輸了。

她有些忍不住了，焦慮地問道：「一切都無法挽回了，是吧？」

「不……不……」他若有所思地說道：「不是輸定了。幾秒鐘前，一切都無法挽回了，但有道曙光給了我希望。」

「哦！我的天啊，要是眞的就好了！」

「別急，」他說道：「這不過是個嘗試……但是個不錯的嘗試……有可能會成功。」

他沈默了一會兒，然後開心地笑起來，一字一句地說道：「杜德賀耶的確厲害，用這種方法來燒掉鈔票……太有創意了……也太沉得住氣了！啊！他眞會爲難我，我眞是笨蛋！這是個眞正的高手！」

他找來一把掃帚，將一部分的灰弄到隔壁房間裡，又從那個房間裡拿回了個同樣大小的帽盒，和之前被燒掉的那個外表也一樣。他攪了攪其中的絲絹，將帽盒放在獨腳圓桌上，點了根火柴放了火。

火苗騰起來了，當紙箱燒到一半而絲絹差不多都燒掉以後，他把火滅了，從背心裡面的口袋裡掏出一疊鈔票，取了其中六張，再點火使它們差不多快燒完，然後把灰燼跟剩餘的部分放好，其他紙幣則藏在箱底的灰燼和發黑的絲絹中間。

「莫里梭先生，」他最後說道：「我最後一次請求您的援助，去找杜德賀耶，只要這麼對他說就行了：『你被揭穿了，鈔票沒燒著，跟我走吧。』把他帶到我這兒來。」

探長儘管猶豫著，害怕這已經超出了警察局長交給他的任務，但是他又無法拒絕雷利納給他的影響，於是他照雷利納說的走出去了。

雷利納轉向年輕女子。

「您明白我的計畫了沒？」

「恩，」她說道：「但這可是兵行險著，您覺得杜德賀耶會上當嗎？」

「這就看他的心理素質了，看他到底會緊張擔心到什麼地步，來次突襲可能可以徹底打敗他。」

「但如果他看出帽盒已經被調包了呢？」

「啊！當然，他也有可能會很走運。這傢伙比我原先料想的要狡猾得多，很有可能能夠逃脫。但從另一方面來看，他應該會很擔心！他血氣上湧就會頭暈眼花了。不！不！我不認爲他堅持得了……他應該會撐不住的……」

他們沒再說一句話，雷利納一動不動的，奧爾棠絲骨子裡慌亂得很。這涉及到一個無辜的人的性命，倘若戰術上出點錯，運氣不好，十二個小時之後，雅克・奧伯里爾就會被行刑。不過儘管她極度焦慮，卻也十分好奇，雷利納公爵會怎麼做呢？這樣的嘗試會得到什麼呢？加斯東·杜德賀耶會怎樣頑抗？她正在經歷很不尋常的緊張時刻，也就是在這種時候，生活才更顯得有價值。

樓梯上傳來了腳步聲，是男人的腳步聲，走得很急。聲音越來越近，他們到了頂樓。

奧爾棠絲看了看她的同伴，他站起身，聽著聲音，臉色變了變。走廊裡迴蕩著腳步聲，突然間他完全放鬆下來，向門口衝去，叫道：「快！把這事了結吧！」

幾名警探和兩名飯店的夥計走了進來，雷利納從幾名警探中一下就拉出了杜德賀耶，拉住他的手臂高興地說道：「太棒了！好傢伙，獨腳圓桌和玻璃水瓶的行動，太令人讚歎了！真是件傑作！只可惜失敗了。」

「什麼呀！發生了什麼事？」年輕人踉蹌了一下，嘀咕道。

「我的天啊，火只燒掉了一半的絲絹和紙箱，雖然有些鈔票和絲絹一樣被燒掉了，但其餘的還在下面。你聽到沒？那些被記下號碼的鈔票——犯罪的重要證據，它們就在你藏的地方，而且剛好沒被燒掉。哼，你看看，這就是那些鈔票，你一定還能認得出來……啊！你這傢伙徹底輸了。」

年輕人僵住了，眼睛眨了幾下，他一眼都沒看雷利納讓他看的東西，也沒有檢查紙箱和紙幣。一下子，甚至都沒有思考，也沒有懷疑，他就相信了，哭泣著癱倒在椅子上。

這是奇襲，用雷利納的話來說，而且真的成功了。看到自己的計畫失敗，敵人掌握了所有的秘密，這個無賴再也沒有力氣或是洞察力去為自己辯護了，他終於放棄了。

雷利納沒給他喘息的機會。

「太好了！你保住了腦袋，就這麼簡單，你這小子，寫認罪狀吧，做個了結。喏，這是筆……啊！我承認你的運氣不好，不過你這最後一招使得真不錯，不是嗎？這筆錢是個麻煩，你想毀掉它？而方法簡單得很，你在窗沿上放了個瓶身凸起的玻璃水瓶，凸狀水瓶形成了透鏡，將陽光聚射到事先預備好的紙箱和絲綢上，十分鐘後就燒起來了。出色的創意！和所有的偉大發明一樣，這也是偶然間想到的，對吧？就像砸在牛頓頭上的蘋果那樣？大概是某天，你看到陽光透過玻璃瓶中的水，點燃了苔蘚碎屑或是火柴頭上的硫。而剛才你看到有太陽，於是靈機一動，心想：『幹吧。』於是就把水瓶放在適當的位置上。我讚賞你，加斯東，喏，這是紙，你就寫：『殺紀堯姆先生的人是我。』寫吧，可惡的傢伙！」

他向年輕人俯下身子，毫不容情地逼迫他，引導他寫下自己口述的句子，杜德賀耶已經筋疲力盡，聽話的寫下那句話。

「探長先生，這是認罪狀，」雷利納說道：「您會很樂意把它帶給帝杜伊先生的。而另外這幾位先生，我很確定會同意作證的。」他對飯店的夥計說道。

杜德賀耶不堪打擊，已經動彈不得，雷利納推了推他。

「喂！小子，你應該要更聰明一點，既然你已經愚蠢地承認了，那我就老實告訴你吧，笨蛋。」

另一個警探也站到他面前盯著他。

「顯然，」雷利納說道：「笨傢伙。帽盒完全被燒掉了，錢也是。那個帽盒其實是另外一個，那些錢則是我的，爲了讓你更容易相信，我還特地燒了六張鈔票，但是你只看到表面就相信了。你眞是笨！在最後關鍵時刻給了我證據，而我那時其實一樣證據都沒有！而且這是什麼樣的證據啊，這是你在證人面前親筆寫下的認罪狀！聽著，你這傢伙，若是你如我所希望的那樣被砍了頭，你是罪有應得，再見了！杜德賀耶。」

雷利納公爵走到街上，請奧爾棠絲．丹妮爾搭車去瑪德萊娜．奧伯里爾家中，告訴她事情的進展。

「那您呢？」奧爾棠絲問道。

「我有很多事要做……還有些緊急的約會。」

「怎麼，難道您不願意感受一下宣佈這個消息的快樂？」

「這種快樂感受太多次是會讓人厭倦的，而唯一讓我能經久不變的快樂是戰鬥中的樂趣，之後的就沒意思了。」

她握住了他的手好一會兒才鬆開，這個奇怪的男人，好像做好事就如同做運動一樣的隨意，而且他做的這些事情總是那樣的天才。她本想告訴他自己對他的崇拜之意，但她沒能說出口，這些事情太讓她感動了，她因爲激動，喉嚨哽咽，眼眶也濕了。

他彎腰對她說道：「謝謝您，我已經得到回報了。」

註解：

①艾麗榭宮（Palais de l'Élysée）：位於巴黎市中心艾麗榭田園大街北側，艾麗榭宮建於1788年，距今已有兩百多年的歷史，曾為法國的王宮，從1873年開始成為法國歷居總統的官邸。

②敘雷訥（Suresnes）：法國巴黎西郊的一座城市，現為歐洲人口最稠密的城市之一。

③當時的電影通常分為上下半場，中間則會有休息時間。

chapter 3

泰蕾絲和吉曼

秋末時節，氣候舒適宜人，十月二日的早晨，好幾戶還逗留在埃特勒塔①別墅區的人家都去了海邊。空氣中瀰漫著輕盈的氣息，天空的顏色蒼白、柔軟又不甚分明，在某些日子裡也給這地方添了層特殊的魅力，在懸崖和天邊的雲層之間，海就彷彿是一汪幽閉在岩石之間的湖水。

「眞美。」奧爾棠絲喃喃道。

片刻之後她又補充說：「不過我們既不是來欣賞大自然的美景，也不是來探查左手邊那塊巨岩頂上是否眞的是亞森．羅蘋的住所吧。」

「當然不是。」雷利納公爵宣佈道：「事實上，我承認，是到了該滿足您合情合理好奇心的時候了……或者應該說是部分滿足，因爲經過兩天的調查，我還是沒弄明白我原本打算來此找尋的東西。」

「我洗耳恭聽。」

「整件事情簡短得很，不過我得先告訴您一些事。您得承認，親愛的朋友，我努力使自己做個對別人有用的人，所以我四處結交朋友，他們可以告訴我哪邊有冒險的機會，而我收到的資訊也常常是毫無價值或者沒什麼意思的。

「不過上個禮拜，我透過一個朋友得到個消息——他也是偶然間聽到別人通話的內容，這個消息的重要性讓您無法忽略它。有位女士在自己位於巴黎的住所裡和一位先生通了話，這位先生當時則住在巴黎附近某個大城市的一間賓館裡。城市的名稱、那位先生和那位女士的名字都還是個謎團，兩人是用西班牙語聊的，不過夾雜了我們稱之為爪窪語②的用語，中間還省掉了不少音節。儘管因為很難聽懂，他們的談話沒被完全記錄下來，但還是可以捕捉到他們交談過程中很小心地想要隱藏的關鍵內容！

「內容總結為三點：第一，他們是兄妹二人，正在等待與第三個人的約會。這名第三者已婚，而且不惜一切代價迫切地想脫離婚姻的束縛；第二，約會的目的其實是要達成一項協議，約會的時間原則上定於十月二日，事先將通過某份報紙上的暗語來通知確認；第三，十月二日會面後他們會在傍晚時分去懸崖邊散步，第三個人則會帶上自己想要擺脫的那個人，這就是整件事情的基本情況。因此我密切關注巴黎所有報紙上的短消息，也讓其他人注意，不過現在說這些都沒什麼用了。

總之，前天早上，我在報紙上讀到了這樣一行字：『**約會，十月二日中午，三馬蒂爾德。**』

「因爲通話中提到了懸崖，所以我斷定犯罪會在海邊發生，據我所知埃特勒塔有一處叫做三馬蒂爾德的地方，不過一般很少人叫它這個名字。我就是在動身前來阻止這些壞人的計畫當天做出推斷的。」

「什麼計畫？」奧爾棠絲問道：「您提到了犯罪，大概只是推測吧？」

「絕非如此，他們交談的對話中還涉及了一樁婚姻，是兄妹倆其中一個與第三者的妻子（或是丈夫）之間的婚姻，這就有了犯罪的可能性。也就是說，在這種情況下，指定被害人，即第三者的妻子（或是丈夫），會在十月二日的晚上被推下懸崖。一切都相當合乎邏輯，沒有什麼問題。」

他們坐在海邊娛樂場的露天看台上，對面就是可以走到海灘邊的階梯。他們居高臨下可以看到幾間建在沙灘卵石上的小屋，屋子前面四位先生正在玩橋牌，還有一群女士邊聊天邊刺著繡。再遠處更靠近海的地方還有另外一間關著門的獨門獨戶小屋。

有六、七個孩子正赤著腳在水裡嬉戲。

「唉，」奧爾棠絲說道：「這一切秋日的溫柔和魅力都吸引不了我了，因爲我已經相信您的推測，腦海中淨是這個可怕的迷團，揮之不去。」

「可怕，親愛的朋友，這個詞用得很精確。您知道，從前天起我就翻來覆去地研究這個問題了……不過都是徒勞無功！」

「徒勞無功，」她重複道：「那麼到底會發生些什麼呢？」

她用幾乎只有自己能聽得見的聲音繼續說道：「這些人之中是誰正受到威脅呢？死神已經選定了受害人，是誰呢？是那個微笑著盪著鞦韆的金髮女孩？是那位正在吸煙的高個子男士？那個心裡藏著犯罪念頭的人又是誰呢？所有這些人都那麼溫和，玩得那麼開心，但是死神卻在他們周圍遊蕩。」

「很好，」雷利納說道：「您也開始熱中於此了。嗯！我早就告訴過您，生活的一切都是爲了冒險，沒有什麼比冒險更值得經歷的。即將到來的冒險只是如風拂過，就會使您全身顫抖起來，一旦親身參與到周圍活躍的各類事件中，您的冒險靈魂就甦醒了。瞧，您的眼神是多麼的尖銳，觀察著那邊走來的夫婦！或許是這位男士想要除掉自己的妻子？又或者是那女士想讓自己的丈夫消失？我們怎麼會知道呢？」

「昂布瓦爾一家人？絕對不可能！這絕對是個模範家庭！我昨天才剛在旅館裡跟昂布瓦爾太太一起聊過天，而您……」

「哦！我和雅克・昂布瓦爾一起打了高爾夫，他還擺出幾分運動員的姿態，另外我還和他家兩個可愛的小女兒一起玩布娃娃。」

昂布瓦爾夫婦走了過來，大家交談了一會兒，昂布瓦爾太太說兩個女兒早上和她們的家庭教師回巴黎去了。她的丈夫是個蓄著金色鬍子的高個子男人，昂首挺胸，看起來精力充沛。他腋下夾著法蘭絨的外套，身上僅穿著透氣的純棉襯衣，仍然抱怨著天氣太熱。

當他們離開雷利納和奧爾棠絲，走到十步外看台往下的階梯旁邊時，他向妻子問道：「泰蕾絲，小屋的鑰匙呢？」

「在我這呢，」他的妻子答道：「你要過去看報紙嗎？」

「嗯，還是我們一起到處去走走？」

「下午吧，好嗎？我早上還有十封信要寫。」

「一言爲定，我們到時候可以到懸崖邊散散步。」

奧爾棠絲和雷利納對視了一眼，這次散步是偶然的嗎？還是恰好與兩人的意願相反，他們正是自己要找的那對夫婦？

奧爾棠絲勉強笑了笑。

「我心跳得好快。」她喃喃地說道：「但是我堅持拒絕相信這樣一件離譜的事。『我丈夫和我從來沒有起過爭執。』——她對我這樣說過。不，很明顯地他們相處得很好。」

「我們很快就能搞清楚了，看看在三馬蒂爾德，他們兩人中是不是會有一個人去找那對兄妹。」

昂布瓦爾先生已經走下了階梯，他的妻子還倚著看台的護欄站著。那是個身姿曼妙的女子，纖細而柔軟，她的面部輪廓分明，下巴略微凸起，不笑的時候臉上就帶了層憂傷。

「雅克，你是不是掉了東西？」她向卵石灘上彎下腰的丈夫叫道。

「是的，」他說道：「鑰匙掉了……」

她也走下了階梯，到他身邊開始幫忙找鑰匙。他們朝著右手邊走下海堤，大約兩三分鐘以後就消失在奧爾棠絲和雷利納的視線中，遠處玩橋牌的人發生了爭執，蓋住了兩夫妻說話的聲音。

片刻後，他們的身影幾乎又同時出現了，昂布瓦爾太太慢慢地走上幾級台階，停住了，轉過身面向大海。而昂布瓦爾先生則把外套搭在肩上，走向偏僻的小屋。半途中他被玩橋牌的人拉去作裁判，讓他看攤在桌上的牌。他打了個手勢拒絕發表意見，就徑直走開，走到了大約四十步開外的單間小屋，打開門進去了。

泰蕾絲・昂布瓦爾又回到露天看台上，在一張長椅上坐了約十幾分鐘，隨後她離開了看台。奧爾棠絲俯下身，看見她進了一棟附屬於奧維爾旅館的別墅，片刻後她出現在別墅的陽台上。

「十一點了，」雷利納說道：「不管是他還是她，或是某個玩橋牌的人，又或是玩橋牌的人的女伴，或者不論是誰，約定的時間已經快到了。」

但過了二十分鐘……二十五分鐘……，沒有任何人移動過位置。

「昂布瓦爾太太可能已經出發赴約了。」奧爾棠絲緊張起來，暗示道：「她已經不在陽台上了。」

「如果她在三馬蒂爾德，」雷利納說道：「我們會將她逮個正著。」

他站起身，正在這時，玩橋牌的人又起了爭執，其中一個人叫道：「去問問昂布瓦爾。」

「好，」另一個人說道：「我同意——如果他願意做我們的裁判的話，他剛剛看起來可不太高興。」

有人叫道：「昂布瓦爾！昂布瓦爾！」

他們注意到昂布瓦爾進屋時關上了門，這樣他就幾乎處於黑暗中了，因爲這種屋子是沒有窗戶的。

「他睡著了，」有人叫道：「叫醒他。」

「昂布瓦爾！昂布瓦爾！」

四個人都去了門口叫他，卻沒人應聲，他們便開始敲門。

「喂，怎麼了，昂布瓦爾，你在睡覺嗎？」

露天平台上的雷利納突然站起身，神情顯得很焦急，使得奧爾棠絲吃了一驚，他咕噥道：「希望還不算太晚！」

奧爾棠絲還在問是怎麼一回事時，他就已經衝下台階跑向那間屋子，幾個玩橋牌的人還在搖晃著門，他就趕到了。

「住手！」他命令道：「應當照適當的方法來處理。」

「什麼方法？」他們問道。

他檢查了門上方的百葉窗，發現高處有幾片壞了露出空隙，便用手勉強攀住屋頂，向裡面看了一眼。

人們急著問道：「怎麼回事？您能看見嗎？」

他轉過頭對那四位先生說道：「我覺得昂布瓦爾先生沒有回答，是因爲發生了嚴重的事情，使他沒法那麼做。」

「嚴重的事情？」

「是的，有理由可以認爲昂布瓦爾先生受傷了……甚至是死了。」

「怎麼可能死了！」幾個人叫道：「他才剛從我們跟前走開。」

雷利納掏出小刀，撬開了鎖，打開了門。

可怕的尖叫聲響起，昂布瓦爾先生仰面躺在地板上，兩手緊握著外套和報紙。他的背部流著血，染紅了襯衣。

「啊！」有人說道：「他自殺了。」

「怎麼可能是自殺？」雷利納說道：「傷口在後背正中央，他的手根本就搆不到那兒，再者屋子裡也沒有利器。」

玩橋牌的幾個人抗議道：「那麼是犯罪囉？但這不可能，沒人來過，我們都看到了，不可能有人從我們的眼底下溜過來……」

其他在水邊玩耍的男男女女、老老少少都跑了過來觀看，雷利納不讓他們靠近屋子，只讓一名醫生進來，但他也只能驗明昂布瓦爾先生的死亡，死因則是被匕首刺傷。

這時鎮長、鄉下警衛和一些當地的人都來了，按照程序查驗後，屍體就被抬走了。

昂布瓦爾太太又再次出現在陽台上，旁邊已經有人去通知她了。

慘案發生的時候，受害人關在屋子裡，與外界隔著一扇門，門鎖絲毫沒被破壞，就幾分鐘的時間，當著二十名證人或者說是觀眾的面，他就被謀殺了。沒有蛛絲馬跡表明這一切是怎麼發生的，沒有人走進過這間屋子。至於插入昂布瓦爾先生兩肋間的匕首，也沒有被發現。要不是事關那樁案情神秘的可怕犯罪，這一切甚至會讓人覺得是位靈巧的魔術師變出的戲法。

雷利納原本想讓奧爾棠絲跟通知昂布瓦爾太太的那群人一起先離去，不過她已經動彈不得了，自從她跟隨雷利納冒險以來，這是她第一次直接面對命案的發生，而不是像之前那樣只是看到命案的結果然後直接追查犯人，她如今面對的是殺人行爲的犯罪現場。

她待在一旁渾身發抖，結結巴巴地說道：「這太可怕了！……不幸的人……啊！雷利納，您沒能救得了他！最讓我震驚的是，我們本可以……我們本應該救他的，因爲我們早知道這樁陰謀……」

雷利納拿出一瓶嗅鹽③，讓她吸了幾口，等她重新冷靜下來之後，他一邊仔細打量她的臉色，一邊說道：「您認爲這樁謀殺案和我們想要粉碎的那樁神秘陰謀之間有關聯？」

「當然。」她對雷利納提出這個問題感到奇怪。

「那麼，就因爲那樁陰謀是夫妻中的一人針對另一人策劃的，而現在死的是丈夫，所以您認爲是昂布瓦爾太太……」

「哦！不，不可能。」她說道：「首先昂布瓦爾太太沒離開過自己的房間，而且我也絕不會認爲這位漂亮的女士會……，不！不！顯然是有別種可能……」

「什麼可能？」

「我不知道……你那位朋友可能聽錯了兄妹間的談話。您很清楚，犯罪情形完全不一樣，時間、地點都對不上……」

「因此，」雷利納補充說：「兩件事情沒有任何關聯？」

「啊！」她說道：「這眞無法理解！一切都這麼奇怪！」

雷利納有些諷刺地說道：「我的學生今天可沒給我爭面子。」

「您指什麼？」

「怎麼！這件事情簡單得很，就發生在您眼底下，就像放了場電影，但您對這一切卻不甚明瞭，就好像只是聽說了一個某個發生在三十里外山洞裡的故事似的！」

奧爾棠絲被弄糊塗了。

「您說什麼？什麼呀！您已經明白了？根據什麼跡象呢？」

他看了看表。

「我還沒把整件事都搞清楚，」他說道：「犯罪暴行本身，我已經明白了。但是關鍵的部分，也就是犯罪心理，還是毫無頭緒，不過已經中午時分了。那兄妹二人見沒人前往三馬蒂爾德赴約，就會來海灘邊。那時我們就會知道那個被我指爲同謀的人的資訊以及兩件事之間的關聯了，您不這麼認爲嗎？」

他們走到奧維爾旅館圍成的廣場，那邊放著許多用來讓漁船逆流出海的絞盤。有一棟房子門口擠滿了好奇的人，兩名站崗的海關人員攔著不讓他們進去。

鎮長很快地從人群中穿過去，他剛在郵局和哈佛港④當局通完電話。檢察院的人回覆說下午會有一位檢察官和一名預審法官⑤趕往埃特勒塔。

「這使我們有吃午餐的時間，」雷利納說道：「要再過兩三個小時悲劇才會上演，而且我覺得到時事情會更加複雜。」

但他們還是加快了用餐的速度，奧爾棠絲因爲疲勞和好奇十分激動，不斷地詢問雷利納，但雷利納只是含糊其辭，眼神越過餐廳的玻璃看著廣場。

「您是在等待那兩個人嗎？」她問道。

「是的，就是那兄妹二人。」

「您確信他們會冒這個險來？」

「注意！他們來了。」

他馬上衝了出去。

在主幹道的出口處，一位男士和一位女士好像並不認識這地方，有些猶豫地向前走。哥哥個子挺矮，面黃肌瘦，戴著頂駕車人的鴨舌帽。妹妹個子也不高，卻生得粗壯，穿了件大衣，看起來有些年紀，但帽沿垂落的輕紗下的臉龐看起來依然很美麗。

他們看見了停住不動的人群，便走向前去，步子裡卻帶了焦慮和猶豫。

妹妹上前和一個水手攀談起來，才說了沒幾句，可能是獲知了昂布瓦爾的死訊後，她大叫一聲後，試圖從人群中穿過去。哥哥也知道了情況，邊用肘臂開路，邊朝著海關人員大叫道：「我是昂布瓦爾的朋友！……這是我的名片，弗烈德瑞克・阿斯坦，我妹妹吉曼・阿斯坦和昂布瓦爾太太是密友！他們本來是在等我們過來的……我們約好的！」

人們讓他們過去了，雷利納一句話也沒說，跟在他們後面，奧爾棠絲也在旁邊。

昂布瓦爾一家住在三樓，占了四間房和一個客廳。妹妹衝進其中一間房間，在停放昂布瓦爾屍體的床邊跪了下去。泰蕾絲・昂布瓦爾在客廳裡抽噎著，周圍的人都鴉雀無聲。哥哥在她旁邊坐下，急切地握住她的手，用顫抖的聲音說道：「我可憐的朋友……我可憐的朋友啊……」

雷利納和奧爾棠絲看了他倆很久，接著奧爾棠絲低聲說道：「她就是為這傢伙殺了人？不可能的！」

「但是，」雷利納提醒道：「他們認識，而我們知道，弗烈德瑞克・阿斯坦和他的妹妹認識那個作爲同謀的第三者。因而……」

「不可能！」奧爾棠絲回道。

不論如何推測，她對那位年輕女子都有一種好感。弗烈德瑞克・阿斯坦剛站起身，她就在昂布瓦爾太太身旁坐下，柔聲安慰她，這個不幸的人兒的眼淚深深擾亂了她的心。

雷利納從一開始起就在監視那對兄妹，仿佛這是一件極其重要的事情。他的眼睛沒有離開過弗烈德瑞克・阿斯坦，而弗烈德瑞克・阿斯坦則貌似漫不經心的仔細檢查這個套間，打量了一遍客廳，又逐個地看了所有房間，向旁人詢問犯罪是怎樣發生的。他的妹妹兩次走過來與他進行了交談。接著他轉向昂布瓦爾太太，重又在她身旁坐下，充滿了對她的同情和殷勤。最後他和妹妹在側廳進行了長時間的密談，隨後兩人便分開了，就如同那些一致達成協定的人那般。弗烈德瑞克離開了，整個過程大概有三四十分鐘。

正在這時檢察官和預審法官的汽車在屋前出現了，他們比雷利納原本料想的還早了一點，雷利納對奧爾棠絲說道：「得加快速度了，記得無論如何不要離開昂布瓦爾太太。」

有人去通知了那些可能會提供有用證詞的人，讓他們集中在海灘上。預審法官會在那裡展開初步調查，然後去見昂布瓦爾太太。於是在場的人都出去了，只剩下了兩名警衛和吉曼・阿斯坦。

她最後一次跪倒在死者的床邊，向他俯下身去，手抱著頭，祈禱了很久。然後她重新站起身，打開了樓梯間的門，這時雷利納走上前來。

「我有幾句話要對您說，夫人。」

她看起來很吃驚，回道：「說吧，先生，我洗耳恭聽。」

「不是在這說。」

「那要在哪，先生？」

「旁邊的客廳裡。」

「不。」她很快說道。

「爲什麼？儘管您沒有同她握手，但我推測您和昂布瓦爾太太應該是朋友吧？」

他沒有給她思考的時間，徑自將她帶進旁邊的屋子裡，關上門，快步衝向想要回房的昂布瓦爾太太，說道：「別走，夫人，我請您聽我說，阿斯坦太太的出現不應當使您離開，我們要談些很嚴肅的內容，而且一分鐘也不能浪費。」

兩名女子面對面站著，帶著一樣的表情看著彼此，那是一種無法平息的仇恨，透過其中可以猜到兩人靈魂深處的震動和其間包含的憤怒。奧爾棠絲本以爲她們是朋友，相信她們是某種意義上的同謀，此刻卻被自己看見可能會發生的衝突嚇住了。她促使泰蕾絲・昂布瓦爾重新坐下，而雷利納則站在屋子的中間，用堅定的聲音一字一句說道：「我偶然間得知了事實眞相，如果你們願意幫助我，給我一個坦率的解釋，使我獲得需要的資訊的話，我可以挽救你們二人。挽救什麼呢，你們倆都心知肚明，因爲你們內心深處都知道自己要承擔的罪孽。但是仇恨讓你們喪失了理智，所以該讓我來把事情看個清楚明白，從而採取相應的行動。半個小時之後，預審法官就會過來，在那之前我們必須要達成協議。」

兩人彷彿被這樣的措辭撞了一下，都嚇了一跳。

「是的，協議。」他更加篤定地重複道：「不論你們願意與否，都必須達成協議。你們兩個並不是唯一牽扯其中的人，您還有兩個女兒，昂布瓦爾太太。既然我碰上了她們，我就要保護她們，讓她們別涉入此事。單單一個錯誤或是一句多餘的話就會讓她們萬劫不復，這樣的事絕不能發生。」

提到她的孩子，昂布瓦爾太太徹底崩潰了，抽噎著哭起來。吉曼・阿斯坦聳聳肩膀，想朝門口走去，雷利納再一次攔住了她。

「您去哪兒？」

「預審法官找我過去呢。」

「不行。」

「不，我要和其他作證的人一樣作證。」

「您當時不在那兒，您對發生的事情一無所知，沒有人知道這樁案子是怎麼回事。」

「我知道是誰幹的。」

「不可能！」

「泰蕾絲・昂布瓦爾。」

吉曼怒氣衝衝地做出指控，還做了個威脅性的動作。

「混蛋！」昂布瓦爾太太叫道，向她衝了過來。「去啊！妳去啊！啊！這女人眞是個混蛋！」

奧爾棠絲想要拉住她，雷利納卻低聲對她說道：「隨她們去吧，這正是我想要的——讓她們發生衝突，這樣一切就會水落石出了。」

阿斯坦太太受到了侮辱，卻努力壓抑住自己，咬住嘴唇玩笑似的冷笑道：「混蛋？爲什麼？就因爲我指控了妳？」

「爲了所有的一切！所有的一切！妳是個混蛋！妳聽著，吉曼，妳是個混蛋！」

泰蕾絲・昂布瓦爾反復地罵道，仿佛從中能得到解脫。她的怒氣慢慢平息下來，也許是沒力氣再罵了，輪到阿斯坦太太進行反攻。她緊握拳頭，臉都變了形，像是老了二十歲。

「妳！妳竟敢罵我，妳！妳！妳犯下這樣的罪行！妳殺的人還躺在那兒，妳竟然還抬得起頭！啊！如果我們兩人中有一個是混蛋，妳清楚得很，那個人就是妳，泰蕾絲！妳殺了自己的丈夫！妳殺了妳自己的丈夫！」

她跳了起來，被自己所說的這些可怕的話語刺激著，指甲幾乎就要觸到了她那朋友的臉上。

「啊！別說妳沒殺他，」她叫道：「我不許妳這麼說！匕首就在妳的包包裡。我哥哥和妳說話的時候手伸進去碰到了它，等他把手拿出來時還沾上了血。妳丈夫的血，泰蕾絲。再說，即使我什麼都沒發現，你以爲我就什麼都猜不出來？泰蕾絲，一開始我馬上就知道眞相了。當有個水手低聲回答我：『昂布瓦爾先生？他遇害了。』我馬上就對自己說：『是她，是泰蕾絲，是她殺了他。』」

泰蕾絲沒有回答，也沒有做出任何抗議的舉動，奧爾棠絲焦慮地觀察著她，覺得在她身上看到了那種知道自己已經輸定了的人的消沉。她的臉頰凹陷下去，面上現出如此失望的表情，奧爾棠絲也被打動了，請她爲自己辯護。

「我請您跟我們解釋一下，犯罪發生的時候，您人在陽台上，那這把匕首，您怎麼會有？……您怎麼解釋呢？」

「解釋！」吉曼・阿斯坦冷笑道：「她給得出解釋嗎？犯罪的表象有什麼要緊的！人們看到什麼，沒看到什麼又有什麼要緊！關鍵的是證據，是匕首在她——泰蕾絲包包裡的這個事實。是，是的，就是妳！妳殺了他！妳最終殺了他！啊！好多次我對我哥哥說：『她會殺了他的！』弗烈德瑞克總是爲妳辯護，他總對妳狠不下心。但是他內心其實也預見到了這件事，如今這樣殘忍的事已經成爲事實！背上一刀。卑鄙！卑鄙！我一開始什麼都沒說，但我一秒鐘都沒猶豫！弗烈德瑞克也沒有！我們馬上尋找證據……所以我將會有證有據的揭發妳。妳完了，泰蕾絲，妳輸了，什麼也救不了妳了，匕首就在妳緊握的包包裡，法官會在包包裡找到那把匕首，沾著妳丈夫鮮血的匕首，還有他的錢包，這些他們都會找到，會找到的……」

她過於憤怒，已經無法繼續說下去了，只是站在那兒，手臂緊綳，下巴因爲神經抽搐不斷地顫動。

雷利納輕輕握住了泰蕾絲・昂布瓦爾的包包，她抓住不放，但雷利納堅持道：「讓我來吧，太太，您的朋友吉曼說得有道理，預審法官馬上就過來了，匕首在您手上，就憑這個，您會立刻被捕的，這樣的事不應該發生，讓我來做吧。」

泰蕾絲在他充滿暗示的聲音裡放棄了抵抗，她的手指一根根地鬆開了。雷利納拿過包包打開，從中取出一把烏木柄的小匕首和一個灰色摩洛哥皮的錢包，平靜地將兩件東西裝入自己外套的內口袋裡。

吉曼・阿斯坦驚訝地看著他。

「您瘋了，先生！您有什麼權利？」

「這些東西不該亂丟，這下我就放心了，法官不會找到我口袋裡來的。」

「但我會告發您的，先生！」她憤怒地說道：「警方還是會知道的。」

「不，不，」他笑著說：「您什麼都不會說的！警方跟這沒什麼關係。你們之間的爭議應當由你們倆來解決。怎麼會想到讓警方插手這類生活上的問題呢！」

阿斯坦太太驚得說不出話來了。

「先生您有什麼資格這樣說？您是誰？是這個女人的朋友嗎？」

「從您開始攻擊她的時候就是了。」

「但我攻擊她是因爲她有罪，因爲您也無法否認，她殺了自己的丈夫……」

「我不否認這一點，」雷利納平靜地宣佈道：「我們都認同這一點：雅克．昂布瓦爾是被他的妻子殺死的，但是，我重複一遍，警方不應該知道這個事實。」

「警方會透過我知道的，先生，我向您發誓。這個女人應該受到懲罰，她殺了人。」

雷利納走近她，拍著她的肩膀說道：「您剛剛問我有什麼權利干涉，那您呢？」

「我是雅克．昂布瓦爾的朋友。」

「僅僅是朋友而已？」

她有些窘迫，但很快就鎮定下來說道：「我是他的朋友，我有義務爲他復仇。」

「但是您會保持沈默的，就像他那樣什麼都不說。」

「他是不知道罷了，他死前根本不知道。」

「您錯了，他本來可以指控自己的妻子的，他有這個時間，但他什麼也沒說。」

「爲什麼？」

「因爲他的孩子們。」

阿斯坦太太的怒火並沒有平息，她的態度裡流露出的還是復仇和憎恨。但是不管怎樣，她還受到雷利納的影響，在這間交織著如此多仇恨的密閉房間裡，雷利納漸漸成為主導者。昂布瓦爾太太在深淵中感覺到了旁邊冒出的這股意外的支持力量，吉曼・阿斯坦也明白了這一點。

「謝謝您，先生，」泰蕾絲說道：「您既然把這一切看得如此透徹，您也一定知道我是爲了孩子才沒有向警方自首，要不是因爲她們，我眞的是厭倦了！」

事情發生了變化，情形又不同了。因爲爭論中幾句話的插入，犯罪人重新抬起頭，放寬了心；而原告卻猶豫了，似乎很焦慮。她不敢再說話，而另一位則到了該打破沈默，自然而然地吐露實情並得以解脫的時刻。

「現在，」雷利納依然溫和的對她說：「我認爲您能夠並且應當作出解釋了。」

「是的，是……我也這樣認爲，」她說道：「我應該回答這個女人，事實很簡單，不是嗎？」

她重又開始哭泣，虛弱地倒在一張椅子上，臉上也因爲痛苦顯出衰老的神色。她的聲音裡聽不出憤怒，只是低低地一句句訴說：「她做了他四年的情人……我爲此很痛苦……正是她告訴了我他們的關係……是惡意的……她對我的恨大過對雅克的愛……每天都是新的傷口……她給我打電話，告訴我他們的約會……她想不斷地讓我覺得痛苦，逼我自殺……我有時候也想一死了之，但我堅持了下來，爲了孩子……而雅克卻退讓了。她讓雅克離婚……然後他就一點一點地讓步了……被他們兄妹二人支配，其實她哥哥比她更奸詐、更危險。我感覺得到這一切……雅克對我越來越惡劣……他沒有勇氣離開，但我又是他的障礙，所以他恨我……我的天啊，這是怎樣的折磨！」

「應當給他自由，」吉曼‧阿斯坦叫道：「不能因爲一個男人想要離婚就殺了他。」

泰蕾絲搖了搖頭回答道：「我不是因爲他要離婚才殺了他。如果他眞的想要離婚，他離開了我，我又能做什麼呢？但妳改變了計畫，吉曼，離婚已經滿足不了妳了，妳想從他身上得到其他的東西，比你們兄妹二人原本想要的更多。他同意了——因爲懦弱，一切由不得他……」

「妳想說什麼？」吉曼結結巴巴地問：「什麼其他的東西？」

「我的性命。」

「妳說謊！」阿斯坦叫道。

泰蕾絲並沒有提高聲音，也沒有做出任何仇恨或是憤怒地動作，她只是重複道：「我的性命，吉曼，我讀了妳最近的幾封信，六封妳寫的信，他糊塗了，竟把信忘在了自己的錢包裡。那六封信中並沒有直接提到那個可怕的字眼，不過字裡行間都可以看得出來，我是邊發抖邊讀了這些信。雅克竟然到了這一步！但是我從沒動過要懲罰他的念頭。像我這樣的女人，吉曼，我是不會故意殺人的。那是後來的事情……我昏了頭……因爲妳的過錯……」

她轉頭看向雷利納，像是在詢問他自己吐露實情是否會有危險。

「別怕，」他說道：「一切包在我身上。」

她用手托住額頭，可怕的那一幕重又回來了，折磨著她……吉曼‧阿斯坦雙臂交叉著沒有動，眼神有些慌亂。奧爾棠絲急切地等待著她吐露犯罪的經過，從而解釋這無法參透的謎團。

她接著說：「那是後來……因爲妳的過錯……吉曼。我把錢包放回抽屜，那天上午，我什麼也沒對雅克說，我不想告訴他我都知道了。那太可怕了！但是，我必須加快速度，妳的信中說妳今天會悄悄地來，我起先想跳上火車逃走，也在無意識間拿了這把匕首作防身之用。但當雅克和我來到海邊的時候，我屈服了……是的，我接受了死亡，我在想，如果我死了，那麼這個噩夢也就結束了！只是我想讓我的死在孩子眼裡看來是一個意外，想讓雅克不要受到指控。因爲這個，你那個懸崖邊散步的計畫很合我的意，從懸崖高處摔下去看起來再自然不過了，之後雅克離開我去自己的屋子，晚些時候他會去三馬蒂爾德找你。就在途中，露天看台下面，他弄掉了屋子的鑰匙。我也下去和他一起找鑰匙。就在那兒……因爲妳的錯……是的，吉曼，因爲妳的錯。雅克的錢包從他的外套口袋裡滑了出來，他沒有發覺。和錢包一起的還有一張照片，一張我立刻就認出來的照片，那是一張今年的照片，照片上我和兩個孩子在一起。我把它撿起來，我看見……妳知道我看見什麼了，吉曼。照片上我的位置，站著的卻是妳，妳把我的臉抹去，自己取而代之，吉曼！那是妳的臉！妳一隻手臂摟著我大女兒的脖子，另一個女兒就坐在妳的膝上。是妳，吉曼，我丈夫的妻子……妳，將會成爲我孩子的母親……妳，會把她們養大……妳！妳！所以我失去了理智。我帶了那把匕首……雅克彎著腰……我刺了進去……」

她的這番交待沒有一句不是實情，給聽者留下了深刻的印象，對奧爾棠絲和雷利納而言，沒有什麼比這更令人心碎和悲哀了。

她筋疲力盡地重新坐下，還在用幾乎低不可聞的聲音繼續說著什麼，只有彎腰近前才能一點一點地聽出她的話：「我原以爲周圍的人會驚叫並攔下我……結果什麼也沒有。沒有人看見事情的發生。而且雅克和我同時直起了身子，他竟沒有倒下去！不，他沒倒下去！我刺中了他，他卻依然站著！後來我爬上露天看台看著他。他把外套搭在肩上，顯然是爲了遮住傷口，就那樣穩穩地走開了。可能有些搖晃，不過我沒看出來。他甚至還和玩牌的朋友聊了兩句，然後就走向自己的屋子消失了，我過了一會兒也回去了。我當時以爲這只是一場噩夢，我並沒有殺他，或者至少傷口很淺。雅克會出來的，我當時是這樣確信著。我就在陽台上看著，如果我當時認爲他需要救助，我一定會奔過去的，但是，眞的，我不知道，我沒想到，人們說的那種預感都是假的。我當時很平靜，就像關於噩夢的回憶消退後的那樣。是的，我向您發誓，我不知道，直到那個時候……」

她打住了話頭，哽咽著說不出話來。

雷利納接著道：「直到有人來通知您，是嗎？」

泰蕾絲結結巴巴地說道：「是的，到那時我才意識到自己做了什麼，我覺得我要瘋了，我想向所有人大叫：『是我！別找了。匕首在這兒，犯罪的人是我。』是的，我快要叫出來了，那時我猛然間看見了他，我可憐的雅克。人們抬著他，他面色平靜，極爲安詳。在他面前，我明白了自己的義務，就像他明白了自己的義務那樣，爲了孩子，他沈默了。我也會沈默。我們兩人都犯了謀殺罪，他成了受害者，我倆都極盡所能讓罪名不要落在自己頭上。他在彌留之際看清了這些，他憑著出奇的勇氣走回去，回答那些問他話的人，最後把自己關在屋子裡死去。他做的這一切抹去了自己犯的錯，同時也原諒了我，因爲他沒有揭露我。而且讓我也保持沈默，爲我自己辯護，面對所有人，特別是面對妳，吉曼。」

她最後幾句話說得尤爲堅決。她起先被自己無意間的殺夫之舉震驚了，但她想到他所做的一切，就像他一樣重新鼓起了些勇氣。是這個陰謀家的仇恨將他們二人引向了死亡和犯罪，面對她，泰蕾絲握緊拳頭做好了戰鬥的準備。抱著這樣的意願，她的身體因此微微顫抖。

吉曼・阿斯坦沒有亂動。她一言不發無動於衷地聽著，隨著泰蕾絲供述的愈發細緻，她的表情變得更加冷酷，似乎沒有任何一種感情可以讓她心軟，她也沒有任何的內疚。至多是結束的時候，她的唇角扯起了一縷微笑，彷彿對事情的轉機很高興，她捕捉到了自己的獵物。

她慢慢地抬眼照了照鏡子，調整了一下自己的帽子，擦了些粉，便向門口走去，泰蕾絲急忙跑過去。

「妳去哪？」

「高興去哪就去哪。」

「去見預審法官？」

「很有可能。」

「妳也逃不掉的！」

「很好。我在那兒等妳。」

「妳會告訴他？……」

「當然囉！告訴他妳說的一切，妳天眞地告訴我的這一切，他怎麼會懷疑呢？妳什麼都向我解釋了。」

泰蕾絲拽住了她的肩膀。

「是的，但同時我也會告訴他其他事，吉曼，與妳有關的事，如果我完了，妳也會沒有好下場。」

「妳控告不了我。」

「我可以揭露妳，公開那些信。」

「什麼信？」

「決定要我死的信。」

「說謊！泰蕾絲。妳知道，這個針對妳的陰謀不過是妳憑空想像出來的。我和雅克都沒想過要讓妳死。」

「妳想要我死，是妳，妳的那些信會給妳定罪的。」

「說謊！這不過是朋友間的書信往來罷了。」

「是情婦和她的同謀往來的信件。」

「那就證明給人看吧。」

「信就在雅克的錢包裡。」

「不在那裡了。」

「妳說什麼？」

「我是說，這些信是屬於我的，我把它們取走了，更準確地說是我哥哥把它們取走了。」

「妳偷了信，卑鄙！妳還給我。」泰蕾絲邊叫嚷邊推搡著她。

「不在我身上，我哥哥保管著，把它們拿走了。」

「他得還給我。」

「他走了。」

「會有人找到他的。」

「當然會有人找到他，但信找不到了，這樣的信該馬上撕掉。」

泰蕾絲踉蹌了一下，絕望地向雷利納伸出手去。

雷利納說道：「她說的是眞的。她哥哥翻您包包的時候，我看見了他的小伎倆。他拿了您的錢包，在他妹妹面前檢查了一遍，然後又回來把它放回原處，就拿著信走了。」

雷利納停了一下補充道：「或者準確地說是拿走了其中五封。」

雷利納的話說得漫不經心，但所有人都捕捉到了它的重要性。兩位太太都走近了他。他想說什麼？如果弗烈德瑞克・阿斯坦只拿了五封，那第六封在哪兒？

「我推測，」雷利納說道：「錢包掉在卵石灘上的時候，這封信和照片一起掉出來了，昂布瓦爾先生把它撿了起來。」

「您知道些什麼？您知道些什麼？」阿斯坦太太急促地問道。

「我在他的法蘭絨外套口袋裡找到了這封信，外套被人掛在了他的床頭。這就是信，上面有吉曼・阿斯坦的簽名，這足以證明寫信人的意圖和她給情人的謀殺建議，我甚至驚訝於如此狡猾的女人竟然會這麼不小心。」

阿斯坦太太面色蒼白，手足無措甚至都沒有試圖為自己辯護，雷利納繼續對她說道：「在我看來，太太，您對發生的一切負有責任。您大概是因為破產身無分文，於是想利用昂布瓦爾先生對您的愛，想排除一切障礙嫁給他，從而掌控他的財產。對於這種利益的驅動和令人憎惡的算計，我已經掌握了證據可以證明。在我翻過幾分鐘後，您也翻了那件法蘭絨外套的口袋。我拿走了第六封信，但留下了一張紙。那張紙正是您迫切要尋找的，它也應該是從錢包裡掉出來的。那是張十萬法郎的支票，是昂布瓦爾先生簽給您的哥哥的，只是件訂婚禮物，不過是件小玩意罷了。您的哥哥聽從了您的吩咐，開車奔向哈佛港，一定要在四點前到達存錢的銀行。我得順便通知您一聲，他提不出錢來，我已經讓人給那家銀行打電話宣佈昂布瓦爾先生被害的消息，這樣他們會停止一切支付。如果您堅持您的復仇計畫，所有這些都會導致警方掌握不利於您和您哥哥的證據。我會再加上上禮拜您和您哥哥之間夾雜了爪窪語的西班牙語通話來作爲有力的證據。但我確信您不會逼迫我採取這些極端手段的，所以我想我們達成協議了，不是嗎？」

雷利納講述這一切的時候極爲平靜，帶著一種從容，就像知道無人會反對自己的言論那般。他看起來眞的不會弄錯，他提到的那些事情正和它們發生的經過吻合，並且極具邏輯地從中推導出了它們不可避免會帶來的後果，這讓人只能選擇服從。

阿斯坦太太明白了，像她那樣性格的人，只要鬥爭還存有希望就會激烈頑抗，但一旦失敗就會很容易被人支配了。吉曼很聰明，她明白自己只要稍作反抗就會被這樣一位對手擊垮。她被攥在他的手心裡，這樣的情況下她只能選擇屈服。

她既沒演戲，也沒進行任何示威、威脅，或是表現出憤怒或神經發作等等，只是簡簡單單屈服了。

「我們達成了協議，」她說道：「您要什麼？」

「要您離開。」

「如果有人要讓我作證呢？」

「不會有人讓您作證的。」

「但……」

「您就回答說什麼都不知道。」

她走了，到了門口又猶豫了一下，含糊地問道：「支票呢？」

雷利納看了看昂布瓦爾太太，她宣佈道：「讓她留著吧，我不想要這個錢。」

雷利納仔細交待完昂布瓦爾太太該如何應對稍後的詢問之後就在奧爾棠絲・丹妮爾的陪伴下離開了屋子。

海灘上，預審法官和檢察官還在繼續調查，採取必要的步驟，詢問證人，彼此商議。

「當我想到，」奧爾棠絲說道：「您身上有昂布瓦爾先生的匕首和錢包時……」

「您覺得這非常危險？」他笑著說道：「我倒是覺得這挺滑稽。」

「您不害怕嗎？」

「害怕什麼？」

「有人會懷疑？」

「天啊！人們什麼都不會懷疑的！我們會告訴那些老實人我們當時所看到的事件經過，而我們的證詞只會讓他們更困惑，因爲我們那時的確什麼都沒看見。爲了小心起見，我們可以在這裡待個一兩天，以防事情有變。不過整件事已經都解決了，他們會查到的都是些已經過去的表象罷了。」

「但是，您從一開始起就猜到事情的眞相了，爲什麼呢？」

「因爲，我不會採用人們通常的做法把問題複雜化，而是以正確的方式向自己提問，解決問題的答案自然就會出現了。一位先生進了屋子把自己關在裡面，半個小時以後人們發現他死了，沒有人進去過。到底發生了什麼事？我馬上就有了答案，甚至都無需思考。既然犯罪不是在屋內發生的，那就一定是在之前，那位先生在進屋前已經受了致命傷。在這種情況下，眞相立刻就浮現在我面前了。本該是今晚遇害的昂布瓦爾太太先發制人，趁丈夫彎腰之際，一時失去理智殺了他。剩下的只要找出她行爲背後的動機就行了，當我得知她的動機之後，我就保護了她，這就是整個故事。」

夜幕降臨了。天空的藍愈發深邃，海更加平靜了。

「您在想什麼呢？」過了一會兒，雷利納問道。

「我在想，」她說道：「如果我成了某樁詭計的受害人，我一定會相信您的，不管發生什麼事都相信著您。就如同相信我自己確實存在一樣，我確信您會救我的，不論遇到怎樣的艱難險阻，您達成目標的力量是無窮的。」

他用幾乎低不可聞的聲音說道：「我想取悅您的願望才是無窮的。」

註解：

①埃特勒塔（Étretat）是位於法國西北諾曼第地區塞納省的臨海小鎮，有著名的沙灘與懸崖。

②這裏的爪窪語是指1875年左右在法國出現的一種秘密隱語，在詞中加入va或av等音節。

③嗅鹽是一種由碳酸銨為原料配製而成的藥品，給人聞後有恢復或刺激作用，特別用來減輕昏迷與頭痛。

④哈佛港（Le Havre）是法國北部諾曼第地區繼盧昂之後的第二大城市，位於塞納河河口，瀕臨英吉利海峽，以其作為「巴黎外港」的重要航運地位而著稱，在法國經濟中具有獨特的地位。

⑤在法國由預審法官負責進行初步的司法調查，但只能在檢察官授權的範圍內進行。

chapter 4 電影的啟示

「注意那個飾演酒店老闆的人。」塞日・雷利納說道。

「有什麼特別之處嗎？」奧爾棠絲問。

兩個人上午都待在電影院裡，是年輕女子拖著雷利納來看一名和她關係很親近的演員——蘿絲・安德列。就是那個海報上的明星，她是奧爾棠絲同父異母的姐妹，她們的父親結過兩次婚。好幾年來兩人因爲生彼此的氣，不再有書信往來。蘿絲・安德列是個美麗的女子，舉止溫柔，臉上總帶著笑容。她起初是個電視劇演員，但不是很成功，但最近在電影業嶄露頭角，前途無量。她憑著自己的青春活力和美麗容顏，掙到主演一部內容平淡無奇電影《快樂公主》的機會。

雷利納沒有直接回答，而是在演出間隙接著說道：「我在看內容不怎麼樣的片子時會去觀察那些次要角色，那些可憐的人，被要求十次甚至二十次的去重複某些場景，難道他們在拍攝的時候不會想些自己飾演的角色以外的事情嗎？透過這些小小的分心之處，可以看出他們的靈魂和天性，這是一件很有意思的事情。喏，瞧，這個酒店老闆……」

銀幕上出現的是一張豪華餐桌，快樂公主坐在主位上，周圍圍著她的愛慕者。六七個侍者在酒店老闆的指引下來來往往忙碌著。老闆是個精力旺盛的大個子，胖嘟嘟的臉粗俗鄙陋，濃密的眉毛連成了一條線。

「一個粗魯的傢伙罷了，」奧爾棠絲說道：「您在他身上看出什麼特別之處了？」

「您仔細觀察他是怎樣看著您的姐姐的，他看她的次數是不是太過頻繁了……」

「到目前爲止，我不這麼認爲。」奧爾棠絲反對道。

「不，」雷利納公爵肯定地說道：「很明顯，在現實生活中，他對蘿絲．安德列產生了私人感情，這種感情和他的角色毫無關係。可能現實中沒有人會懷疑，但在銀幕上，當他不留神的時候，或者當他認爲彩排的同伴不會看他的時候，他的秘密就洩露出來了。瞧……」

那個老闆動也沒動，用餐已經結束了。他厚厚的眼瞼下那雙半被遮住的眼睛熠熠生輝，盯住正喝著香檳的公主。

他們還捕捉到了兩次那個老闆的奇怪表情，雷利納認爲那是他感情的體現，奧爾棠絲卻對此很懷疑。

「這只是他一貫看人的方式。」她說道。

這一幕結束了，不過電影還有下半部。節目說明宣告：『一年過去了，快樂公主和那個被她選作丈夫的窮音樂家住在諾曼第一間爬滿蔓生植物的美麗小屋中。』

就像銀幕中可以看到的那樣，公主一直都很開心，依舊那樣迷人，被各式各樣的追求者包圍著。中產階級、貴族、金融家和農人，所有人都拜倒在她的石榴裙下，其中有一個離群索居的伐木工比其他人更甚。公主在散步的時候總會遇上這個汗毛濃密而且野蠻粗魯的傢伙。他帶著斧子在小屋附近晃蕩，顯得陰森可怕，人們都能感受到快樂公主的危險已經近在咫尺。

「瞧，瞧，」雷利納小聲說道：「您知道那個伐木工是誰？」

「不知道。」

「就是酒店老闆，兩個角色用的是同一個演員。」

事實上，儘管那個伐木工步伐沉重，駝肩縮背，身形已經變了，但是他身上還可以看到酒店老闆的態度和舉止，甚至在他那未修剪的鬍子和濃密的頭髮下面還可以辨識出剛剛那張刮淨的臉和他那濃密得連成一線的眉毛。

遠處，公主從小屋裡中走了出來，伐木工藏在了樹叢後面，銀幕上時不時特寫出他那雙兇惡的眼睛和殺人犯似的巨爪。

「他讓我覺得害怕，」奧爾棠絲說道：「他著實很可怕。」

「因爲他演的正是自己，」雷利納說道：「您知道，在電影上下兩部拍攝間隔的三四個月裡，他的愛又更深了，對他而言走過來的不是公主，而是蘿絲・安德列。」

伐木工蹲了下來，被害人輕快地走了過來，沒有半絲疑心。她走著走著卻聽到有動靜，停住腳步看看四周，臉上的微笑消失了，變得小心謹慎，漸漸有些擔心起來，後來就愈發顯得焦慮了，伐木工撥開枝葉穿過樹叢，他們就那樣面對面相遇了。

他張開手臂像是要抓住她，她想要叫喊、求助，卻發不出聲音來，雙臂緊緊抱在胸前，毫無抵抗能力，他將她扛在肩上飛奔而去。

「您這下相信了吧？」雷利納喃喃說道：「您覺得這個女人如果不是蘿絲・安德列的話，這樣的三流演員還會有如此生動的演技嗎？」

伐木工跑到了一條寬闊的河邊，一隻破舊的船隻擱淺在泥沙中，他把一動不動的蘿絲・安德列放下去，解開纜繩，沿著河岸逆流而上。

再後來人們看見他靠了岸，越過森林的邊緣紮進了高大的樹叢和岩石堆中。他把公主放下來，清開了一個山洞的入口，日光透過一條斜縫照了進去。

下面一系列的畫面是驚慌不已的丈夫，四處搜尋，發現公主折斷的枝椏，指引著她走過的路。

然後就是結局，女人對男人不停的反抗與掙扎，就在女人筋疲力盡被按倒在地時，她的丈夫突然出現了，然後一槍擊中了那個禽獸……。

當他們從電影院出來的時候已經是下午四點了，雷利納的汽車在外面等著，他示意司機開車跟著自己。兩人走過林蔭大道和和平路。雷利納長久的沈默讓年輕女子不由自主的擔心起來，許久之後他才問道：「您愛您的姐姐嗎？」

「是的，很愛。」

「但是你們鬧翻了？」

「我丈夫在的時候是這樣，蘿絲是個很會對男人賣弄風情的女人。我那時嫉妒她，其實眞的沒什麼理由，但您爲什麼問這個？」

「我不知道，這部電影的片段一直糾纏著我，那個人的表情尤其奇怪！」

她挽住他的手臂很快說道：「到底是什麼呀，說呀！您在猜測什麼？」

「猜測什麼？什麼都有但又什麼都沒有，但是我總覺得您的姐姐處在危險中。」

「只是推測罷了。」

「是的，但是這個推測基於一些給我留下了深刻印象的事實。我認爲綁架的那一幕展現的不是伐木工對公主的侵犯，而是一個演員對自己覬覦的女人的狂怒攻擊。當然，這些都是在角色設定的範疇內，可能除了蘿絲・安德列有所感覺外，大家都只認爲那是角色設定的怒火，但是愛情的光芒顯露無疑，他的目光裡充斥著欲望，甚至是謀殺的念頭，他雙手緊握，隨時準備勒死她，還有許多細節都向我證明當時那個男人的本能促使他去殺害這個無法屬於他的女人，這一切都讓我感到驚訝。」

「或許電影拍攝時的確如此。」奧爾棠絲說道：「但是這種威脅已經消除了，因爲都已經好幾個月過去了。」

「當然，當然，但是不管怎樣我還是想打聽一下。」

「跟誰打聽？」

「跟拍這部電影的世界公司。瞧，這就是世界公司的辦公室，您是否願意先上車等我幾分鐘？」

他吩咐了司機格雷芒之後就離開了。

其實奧爾棠絲內心是抱有懷疑的，她並不否認片中表現出來的愛情相當熾烈野蠻，但她認爲這些不過是一個優秀演員極有分寸的演技罷了。對於雷利納聲稱自己猜到的可怕後續，她毫無感覺，而且覺得是他想像力太豐富所以才弄錯了。

「嗯？」當他回來之後，她不無諷刺地對他說道：「怎麼樣了？眞的有些神秘之處？還是有什麼戲劇性的變化？」

「事情眞的發生了。」他神情焦慮地回答。

她立刻慌了神。

「您說什麼？」

他一口氣講述了事情的原委：「這個人名叫達爾布雷克，是個奇怪的傢伙，有些自閉，寡言少語，總是和同伴保持距離。從未發現他對您姐姐有特別的殷勤之處。但是他在電影下篇結束時的演出相當出色，有人因而找他演了另一部新片子，所以他最近都在拍電影。大家對他很滿意，但是突然發生了一件奇怪的事情。九月十八日禮拜五的早晨，他撬開世界公司的車庫門，開輛豪華轎車跑了，之前還偷了二萬五千法郎。有人報了警，禮拜天的時候那輛轎車在德勒①附近被找到了。」

一直聽著他說話的奧爾棠絲面色有些蒼白，說道：「到目前為止，這和蘿絲毫無關聯……」

「有關聯，我打聽了蘿絲・安德列的情況。您姐姐今年夏天去旅遊了，在厄爾省待了有兩周。她在那兒有一處房產，就是拍攝《快樂公主》的那間屋子。後來她因為在美國有個約好的工作，就回到巴黎，把行李寄在聖拉薩車站，在九月十八日禮拜五那天離開了。她打算在哈佛港過一夜，乘禮拜六的船到美國。」

「十八日禮拜五……」奧爾棠絲結結巴巴地說道：「和那個人是同一天……他已經綁架了她。」

「我們會弄清楚的，」雷利納說道：「格雷芒，去大西洋航運公司。」

這次奧爾棠絲陪著他一同進去了，還親自問了辦公室的人。

調查很快有了結果。

蘿絲・安德列在「普羅旺斯」號遊輪上訂了一個艙位，但是遊輪出發的時候她並沒有出現。第二天哈佛港有人收到了署名蘿絲・安德列的一份電報，通知說她會晚些到，讓人寄存她的行李。電報是從德勒發過去的。

奧爾棠絲搖搖欲墜地走了出來，對於所有這些巧合，似乎不可能有其他解釋，只可能是出了事，幾件事情的發生都與雷利納的直覺相吻合。

她近乎虛脫地上了車，聽見雷利納向司機報出了警察局的地址，他們穿過了巴黎市區，到警察局後，雷利納下車離開了，而她獨自一人在車上待著。

「來吧。」過了一會兒，雷利納打開車門對她說道。

「有消息了？警局的人肯見您？」她焦急地問道。

「我不想讓警局的人見我，我只是想和莫里梭探長聯繫一下，就是之前處理杜德賀耶案子（此案請見本書第二篇〈玻璃水瓶〉）的那位。倘若警方知道些什麼，我們可以從他那兒打探到。」

「那現在？」

「他此刻正在咖啡館，就是廣場上您能看到的那家。」

他們進了那家咖啡館，莫里梭探長正坐在一張僻靜的桌子邊讀報紙，他們走過去坐了下來，探長馬上認出了他們。雷利納同他握了握手，直奔主題：「隊長，我給您帶來椿有意思的案子，它可是能讓您好好展露一下身手，您或許聽說了吧？……」

「什麼案子？」

「達爾布雷克。」

莫里梭顯得很驚訝，他猶豫了一下，謹慎地說道：「是的，我知道，報紙上都說了，偷了汽車，盜走了二萬五千法郎，明天的報紙還會刊登我們的最新發現，達爾布雷克有可能是去年轟動一時的珠寶商布林蓋謀殺案的兇手。」

「是關於另外一件事。」雷利納說道。

「什麼事？」

「他在九月十九日禮拜六時犯下的一樁綁架案。」

「啊！您知道？」

「我知道。」

「既然如此，」莫里梭警探打定主意宣佈道：「那我們就說說吧。九月十九日禮拜六，三個強盜在哈佛港光天化日之下綁架了一名正在購物的婦女，隨後乘坐汽車逃逸。報紙報導了這件事，但並沒有讓受害人和作案者的姓名曝光，因此人們對此一無所知。直到昨天，我和幾個人一起被派往哈佛港，這才辨認出其中一個強盜的身份。二萬五千法郎失竊，汽車被盜，年輕女性被綁架，這些統統是同一個人所爲，達爾布雷克就是這個犯罪者。至於那個年輕女子則沒有任何消息，我們的調查都只是徒勞。」

奧爾棠絲沒有打斷警探的講述，她完全被嚇到了，莫里梭講完以後她才低低地說道：「這太可怕了，那個不幸的人一定是完了，一點希望也沒有了……」

雷利納向莫里梭解釋道：「那個受害者是這位女士的姐姐，更準確地說，是同父異母的姐姐，她是個很出名的電影演員——蘿絲・安德列……」

他簡要地講了自己看《快樂公主》這部電影時產生的懷疑和隨後個人所做的調查。

咖啡桌前沉靜了很久，探長這次還是被雷利納的機警弄糊塗了，等著他的下文。奧爾棠絲用哀求的眼光看著他，似乎他能一下子就穿透謎底。

雷利納向莫里梭問道：「車上確實是三個人嗎？」

「是的。」

「到了德勒還是三個人？」

「不。我們在德勒只發現了兩個人的蹤跡。」

「其中有達爾布雷克？」

「我不這麼認爲。體貌特徵與他的完全不符。」

雷利納想了一會，然後在桌上鋪開了一張很大的交通圖。

一片沉寂之後他對警探說道：「您把您的手下留在了哈佛港？」

「是的，兩名警探。」

「您今晚能打電話給他們嗎？」

「可以。」

「再向警局要兩個人可以嗎？」

「可以。」

「好，那我們就明天中午見。」

「在哪兒？」

「就在這兒。」

他用手指了指地圖上已經標出來的一個點：「木桶橡樹」，這地方位在厄爾省布羅多那森林裡面。

「在這兒，」他重複道：「綁架發生當晚，達爾布雷克就是在這兒避難的。明天見，莫里梭先生，要準時到啊。要抓捕那個大傢伙，五個人一點都不嫌多。」

莫里梭警探沒有不耐煩，他已經被雷利納鎮住了。他結完帳站起身，不自覺地行了個軍禮，邊出門邊咕噥道：「我們會準時到的，先生。」

第二天早上八點鐘，雷利納和奧爾棠絲乘坐格雷芒駕駛的汽車離開了巴黎。旅途很安靜。奧爾棠絲儘管相信雷利納的神奇力量，卻依然擔心了整整一夜，對這次冒險的結局充滿了焦慮。

靠近目的地的時候，她對他說道：「有什麼證據顯示他開車來了這片森林？」

他重新在膝上展開地圖給奧爾棠絲看，「如果從哈佛港，或更準確一點，從吉爾博夫（他們穿越塞納河的地方）畫一條直線到德勒（找到汽車的地方），這條線剛好觸及布羅多那森林的西部邊界。」

他進一步補充道：「而且，根據世界公司的人向我說的情況，《快樂公主》正是在布羅多那森林拍攝的。問題是，綁架蘿絲．安德列的達爾布雷克週六途徑森林邊緣的時候是否已經想到把獵物藏在森林中，讓他的兩名同謀繼續開車往德勒去，最後再返回巴黎？而在幾個月前拍攝的電影場景裡，他不也正是抱著剛剛征服的所愛女人跑向這個山洞的？對他而言，冒險按照電影劇情不可避免地重新開始了，但這次是在完全現實的生活中，蘿絲．安德列被綁架了，而且這片森林廣闊無垠，人跡罕至，不可能有救援來到。那天晚上，或者是接下來的某天晚上，蘿絲．安德列應該是屈服於他了……」

奧爾棠絲哆嗦了一下。

「或者她已經死了，啊！雷利納，我們來得太晚了。」

「爲什麼？」

「您想想！三個禮拜了，您不會認爲他把蘿絲關在那裡這麼久吧！」

「當然不會，那地方在幾條路的交叉處，作爲避難所並不安全，但我們會在那兒發現些痕跡的。」

快到十二點的時候，他們在路上用了些午餐，進入了布羅多那的參天樹林裡。這片林子古老而廣袤，裡面有很多羅馬時期和中世紀的遺跡。雷利納曾經常穿越這片林子，他指引著汽車開向一棵方圓十里內都很出名的橡樹，這棵橡木蔓延的枝椏形成了一個巨大的木桶。汽車在轉彎處停下了，他們徒步走了過去，莫里梭已經在等著他們了，還有四個壯實的傢伙和他在一起。

「來吧，」雷利納對他們說道：「山洞就在旁邊的灌木叢裡。」

他們很容易就找到了洞口，洞口很矮，上方有塊巨大的岩石倒懸著，人只能從一條藏在茂密的矮樹叢中的小路鑽進去。

雷利納走進去後，用燈照了照洞穴的各個角落，裡面的牆壁上都是簽名和圖案。

「裡面什麼也沒有，」他對奧爾棠絲和莫里梭說道：「但我要尋找的證據就在這裡，如果達爾布雷克真的憑著對電影的記憶回到山洞中，我們也應該想到他會讓蘿絲・安德列做出跟電影裡同樣的事情，電影中快樂公主一路上折斷了樹木的枝椏，而就在洞的右方正好有些新近折斷的樹枝。」

「好吧，」奧爾棠絲說道：「我同意這算是他們曾經過這裡的證據，但已經過了三個禮拜了，在那之後……」

「那之後，您的姐姐被關在某個更偏僻的洞裡。」

「或者已經死了，被埋在一堆落葉底下……」

雷利納跺著腳說道：「不，不會的，這傢伙要是只想殺了她，就不會花那麼多功夫了，他很有耐心，他想要征服他的受害者——通過威脅或是不讓她吃飯一類的手段……」

「那麼？」

「我們去找出他們。」

「怎麼找？」

「要走出這個迷宮，我們有一條引導的線索，那就是電影《快樂公主》的情節，我們就根據這條線索逐步搜索。電影中的伐木工爲了把公主帶到這兒來，順著河流划了一段距離，然後再穿過了森林。塞納河距離這兒有一公里，我們去那邊看看。」

他又開始出發了，毫不猶疑地往前走，眼神充滿了戒備，像一隻優秀的獵犬按照自己的嗅覺判斷。他們來到河邊的幾棟房子前面，汽車在後面遠遠地跟著，雷利納逕自走向一棟船伕的房子詢問了一番。

對話很簡短，三個禮拜前的週一早上，他發現自己的船少了一艘，後來在下游半里外的河灘上找到了。

「那邊離今年夏天有人拍電影的那間屋子不遠是吧？」雷利納問道。

「是的。」

「那部電影拍攝的場景中，有個女人被綁架後帶上岸的地方就是在那邊？」

「是的，那個女人就是快樂公主，或者說是蘿絲・安德列女士，人們稱爲『美麗幽居』的那間小屋就是她的。」

「屋子現在開著嗎？」

「沒有，蘿絲・安德列女士一個月前已經鎖上屋子離開。」

「沒有看門的人？」

「沒有。」

雷利納轉身對奧爾棠絲說道：「毫無疑問，那裡就是他囚禁您姐姐的地點所在。」

追捕又開始了，他們沿著塞納河邊的小路往前走，走在路邊的草坪上沒有發出半點聲音。這條路通向一條大道，穿過一片矮樹叢之後，他們到了一個小山丘，從小山丘上往下看，看見了圍著籬笆牆的美麗幽居。小屋窗戶的百葉窗都緊緊關著，通往屋子正門的小徑上也都已經長滿了草。

他們蜷縮在樹叢裡待了一個多鐘頭後，探長不耐煩了；年輕女子也失去了耐心，她不認爲美麗幽居會是囚禁她姐姐的地方，但是雷利納還在堅持。

「我跟您說，她就在那兒，這毋庸置疑。達爾布雷克一定會選擇這個地方囚禁她，他希望用熟悉的環境使她更容易馴服。」

終於在他們對面，從屋子的另一邊傳來了緩慢的腳步聲，路上出現了一個人的身影，因爲離得遠看不見他的臉，但是那沉重的腳步聲和那身形分明就是雷利納和奧爾棠絲在電影中見過的那個人。

就這樣，在二十四小時內，塞日・雷利納僅僅根據電影裡一名演員情緒中流露出的模糊跡象，再通過心理學的推理，就走到了這樁案件的核心。電影裡的劇情強加到了達爾布雷克這位扮演者的身上，他在現實中的行動正如電影裡虛構的那樣，雷利納一步步追溯他在電影影響下做出的行爲，來到了伐木工人羈押快樂公主的地方。

達爾布雷克穿得像個流浪漢，衣衫襤褸，背著個布袋，袋口露出一個瓶子和一條長棍麵包，肩上還背了把伐木工的斧頭。

小屋外柵欄的鎖是打開的，他走了進去，很快就被一排灌木遮住了身影，沿著這排灌木走到了屋子另一側。

莫里梭想要衝上前去，雷利納一把抓住了他的胳膊。

「爲什麼？」奧爾棠絲問道：「不該讓這個強盜進去……不然的話……」

「如果他另外還有同謀呢？萬一驚動了他呢？」

「管它的，最重要的是救我姐姐出來。」

「如果我們到得太晚保護不了她呢？他可能一怒之下一斧砍死她。」

於是他們繼續等待，一個小時過去了，他們被這種毫無作爲的等待煎熬著，奧爾棠絲哭了好幾次，但雷利納仍然堅持著，沒有人敢違抗他。

太陽下山了，黃昏籠罩著周圍的森林，就在這時，門突然間開了，傳出了驚恐的叫嚷和勝利的喧嘩聲，一對男女跳了出來。他們糾纏在一起，可以看到那個男人的雙腿和被他橫抱住的女人身子。

「他！他和蘿絲！……」震驚的奧爾棠絲結結巴巴地說道，「……啊！雷利納，快救她……」

達爾布雷克像瘋了似的開始在樹叢間奔跑，又是笑又是叫，儘管背負了重物，他還是劇烈地跳躍著，像頭猛獸沉醉在殺戮的快樂中。他空著的那隻手揮舞著寒光閃閃的斧頭，蘿絲害怕地驚叫著。他橫衝直撞穿過果園，沿著籬笆一路狂奔，最後停在一口井前面。他手臂緊繃，彎下上身，像是要把蘿絲扔進那深淵之中。

這個時刻太恐怖了，他是否下定決心要殺她了呢？但這看來只是一種威脅，想要嚇唬年輕的女子讓她順從，因爲他突然又直接回到大門，衝進了前廳，接著關上了門，並傳來上鎖的聲音。

剛剛發生的事情很難解釋，雷利納一動也不動思考著，他伸出雙臂攔住警探的去路，奧爾棠絲揪住他的衣服求他說：「救救她，那是個瘋子……他會殺了她的……我求您……」

就在這時，新的一輪威脅行動似乎又開始了，達爾布雷克出現在小屋牆上的一扇天窗邊，開始了他的暴行。他把蘿絲・安德列舉在空中，不停地搖晃著她，像是要把獵物拋出去似的。

他是否眞的決定要殺她？或者這只是一種威脅？或是覺得蘿絲快要被馴服了？接著達爾布雷克又走開了。

而這回奧爾棠絲終於贏了，她冰冷的雙手貼著雷利納的手掌，雷利納能感受到她絕望的顫抖。

「哦！我求您……我求求您……您還等什麼呀？」

他讓步了，說道：「好吧，那我們就行動吧，但是別急，我們得好好計畫一下。」

「計畫！但是蘿絲……蘿絲會被他殺了的！您看見那把斧頭了嗎？那是個瘋子……他會殺了她的。」

「我們還有時間，」他肯定地說道：「我會對一切負責任的。」

奧爾棠絲不得不靠在他身上，因爲她已經沒有力氣走路了。他們從小山丘上走了下去，選擇了一處樹木茂盛的地方，雷利納幫助年輕女子跨過了籬笆。天色也越來越暗，這樣一來他們不怕會被人發現。

雷利納一言未發，在園子裡兜了個圈，他們來到了小屋側面，達爾布雷克剛剛第一次就是從這道門進去的，他們看到的這個側門應該是廚房的門。

「只要時機一到，肩膀一撞就能進去了。」他對警探們說道。

「時機已經到了。」莫里梭低聲埋怨道，他覺得拖這麼久實在是浪費時間。

「還沒有，我要先弄明白屋子裡發生了什麼事，我一吹口哨，你們就撞開木板進去，持槍逮捕達爾布雷克，但是不能提前行動，否則我們冒的險太大了……」

「如果他反抗呢？這可是個瘋了的粗壯傢伙。」

「那就射他的腿，總之一定要活逮。哎，你們有五個人呢！」

他拉過奧爾棠絲，幾句話就讓她振奮起來：「快！……是行動的時候了，相信我。」

她歎了口氣：「我不明白……我一點也不明白。」

「我也不明白，」雷利納說道：「這裡頭有些事情讓我很困惑，不過就我所知道的看來，我怕會發生不可挽回的事情。」

「不可挽回的就是蘿絲被殺害。」她說道。

「不，」他斷言道，「是警方的行動，這就是爲什麼我想要搶佔先機。」

他們撥開灌木叢，繞到房子一側，雷利納在底樓的一扇窗戶邊停下來。

「聽，」他說道：「有人在說話……是從這間房裡傳出來的。」

有人聲可以推測這間房裡應該有開燈，他尋找著，撥開遮住了百葉窗的植物，看見一束微光透過並不密封的百葉窗露了出來。

他將刀刃輕輕地滑進去，移開了內側的一個插銷，百葉窗就打開了。厚厚的布製窗簾靠著窗邊，窗簾的上部分開了一條縫。

「您要爬到窗沿上去？」奧爾棠絲小聲說道。

「對呀，還要切開一塊玻璃。如果有緊急情況發生，我會用手槍瞄準那人，您要吹響哨子以便警方那邊發動進攻。拿著，這是哨子。」

他小心翼翼地爬上去，一點點地貼著窗邊站住，直到搆著窗簾縫，一手將槍插入背心口袋，一手拿著顆鑽石尖頭。

「您看見她了嗎？」奧爾棠絲喘著氣問道。

雷利納將額頭貼在窗戶玻璃上，立馬壓低聲音叫道：「啊！這眞叫人難以置信。」

「快開槍！快開槍呀！」奧爾棠絲要求道。

「不……」

「那我應該吹響哨子嗎？」

「不……別吹……正好相反……」

奧爾棠絲顫抖著單膝跪在窗台上，雷利納扶著她貼著自己站住，側過身讓她也能看見。

「您瞧。」

她將臉湊上去。

「啊！」她也被驚呆了。

「呵！您對此怎麼說？我就懷疑有問題，但沒想到是這麼回事！」

兩盞無罩的燈和約二十支蠟燭照亮了這間豪華的客廳，四周是長沙發，地上鋪著東方地毯。其中一張長沙發上，蘿絲・安德列半躺著，穿著電影中的金絲線袍子，香肩裸露，髮辮上綴著珠寶和珍珠。

達爾布雷克跪在一張墊子上，匍匐在她的腳下。他身著一條打獵的短褲和一件運動衫，出神地端詳著她。蘿絲笑得很開心，撫摸著他的頭髮。她兩次彎下身去，先親吻了他的額頭，接著吻著他的雙唇許久，她那雙因愉悅而迷醉的雙眼閃閃發亮。

這是激情的一幕！這二人的目光、嘴唇、顫抖的雙手連同青春的欲望都緊緊相連，顯然是心無旁騖的熱烈相戀了，讓人覺得在這僻靜又安寧的屋子中，除了親吻和愛撫，一切對他們而言都不重要。

奧爾棠絲無法將眼睛從這出人意料的場景中移開去。這是那對幾分鐘前還駭人的舞蹈著，在死亡身邊打轉的男女嗎？這眞是她的姐姐嗎？奧爾棠絲已經認不出她來了。她看見了另一個女人，煥發著新生的美麗，因爲一種熾熱的情感而變了模樣。這種情感，奧爾棠絲顫抖著猜到了。

「我的天啊，」她喃喃說道：「她有多愛他呀！愛這樣的一個人，這可能嗎？」

「應當提前通知她，」雷利納說道：「跟她商量一下……」

「是的，是的，」奧爾棠絲說道：「無論如何她都不應牽扯到這樁醜聞和逮捕行動中……讓她走！人們對這一切還一無所知……」

不幸的是，奧爾棠絲太過激動，動作太快了。她沒有輕輕地敲玻璃，卻在用拳頭擊打木框的時候撞到了玻璃上。兩個相愛的人嚇了一跳，馬上起身，凝神閉氣仔細地聽著動靜。雷利納想要劃開玻璃向他們解釋幾句，但他來不及了。蘿絲·安德列無疑知道她的情人處於危險中，警方正在搜捕他，她不顧一切的將他推向門口。

達爾布雷克順從了，蘿絲的想法一定是讓他從廚房的出口逃走，兩個人都消失了。

雷利納清楚地預見到即將發生的事情，那個逃跑的人會落入雷利納親自設下的埋伏中。戰鬥將會發生，或者還會死人……

雷利納跳下地，跑步從房子外邊繞過去，但是距離太長了，路上又黑，還有各種障礙物。另一邊事情進展的速度比他想像的要快，當他抵達的時候，剛好聽到一聲槍響，接著是一聲痛苦的叫喊聲。

廚房門口，借著兩隻手電筒的微光，雷利納發現了倒在地上的達爾布雷克，他被三名員警制住，正在呻吟不止，腿部被擊中了。屋內蘿絲・安德列搖搖晃晃地伸手欲撲過去，臉上表情扭曲，結結巴巴地說著些誰也聽不清的話。奧爾棠絲把她拉到身邊，在她耳旁說道：「是我……你妹妹……我想要救你……你認出我來了嗎？」

蘿絲似乎沒明白過來，眼神裡滿是驚慌。

她蹣跚著向警探走過去說道：「太可恨了……他什麼也沒做……」

雷利納毫不遲疑地拉住她的手臂，就像是對待一個失去理智的病人，將她帶回了客廳，奧爾棠絲緊隨其後關上了門。

她拼命地掙扎，氣喘吁吁地抗議道：「這是犯罪，你們沒有權利逮捕他？是，我讀了報紙，珠寶商布林蓋被殺害——我在今早的報紙上讀到了，但那全是謊話，他可以證明的。」

雷利納將她安置在長沙發上，堅定地說道：「請您安靜下來，別說任何會讓您自己被牽連進去的話，您想要怎麼做？那人還偷了汽車，還有二萬五千法郎。」

「因爲我要去美國，所以他那時瘋了，但是汽車已經找到了，錢也會還回的，他根本沒動。不，不，你們沒有權利……我是心甘情願待在這兒的。我愛他……我愛他勝過一切……就好像一生只愛這一次，我愛他……我愛他……。」

不幸的人再沒有力氣了，如同身在夢中，反覆證實她的愛情，聲音越來越微弱。最後她突然跳了起來，但因爲筋疲力盡又摔倒在地暈了過去。

一個小時以後，達爾布雷克躺在一間房間的床上，手腕被牢牢縛住，轉動著他那兇暴的眼睛。雷利納派車接來了附近的一個醫生，替他包紮了腿，吩咐他要完全臥床休息到第二天，莫里梭和他的人則在站崗警衛。

至於雷利納，他背著手在房間裡踱來踱去，看上去很高興，不時的笑著打量那姐妹倆，仿佛是藝術家在欣賞她倆展現的一幅畫卷。

「怎麼了？」奧爾棠絲發現他出奇的輕鬆，半側向他問道。

他搓搓手說：「眞好笑。」

「您覺得什麼好笑？」奧爾棠絲用責備的語氣說道。

「呃！我的天，現在這狀況。蘿絲・安德列是自由的，經歷了完美的愛情——不是和哪位爵爺，而是和伐木工，一個被馴服、被軟化的運動衫伐木工，她親吻著他，而我們卻在某個山洞或是墓地深處尋找她。」

他繼續說道：「啊！她確實是遭遇了囚禁折磨，第一個晚上她的確是半死不活的被扔進了山洞裡。只是第二天，她就活了過來！一晚上的時間已經足以讓她臣服，那一夜使得達爾布雷克成了她眼中的白馬王子。就一晚上的時間！就讓他們兩人覺得自己是天造地設的一對，他們決定不再分離，一致同意去尋找一處世外桃源。在哪兒呢？當然就是這裡！有誰會到美麗幽居來糾纏蘿絲·安德列呢？但這還不夠，一對戀人想要的還要更多。度幾周蜜月？算了！他們獻給彼此的是自己這一輩子的時光。那怎麼辦呢？他們決定要重溫那曾經走過的風景如畫的迷人小道，再扮演幾次不同的創意劇碼！達爾布雷克飾演《快樂公主》不是出人意料地成功了嗎？未來就在此刻！洛杉磯！美國！財富和自由！

「於是他們一分鐘也不浪費，馬上開始進行他們的計畫！我們這些被嚇壞了的觀眾剛剛碰巧看到的正是一幕彩排，正在排練一幕瘋狂的謀殺案。爲了坦誠起見，我向您承認我懷疑過眞相。看到那幕表演時，我曾對自己說這是電影的片段，不過我還是遠遠猜不到這部『美麗幽居』的愛情故事眞相。您想想，不管是在銀幕上或是劇本裡，快樂公主都是抵死不從的，怎麼會想得到這一位公主選擇了受辱而不是死亡？」

顯然冒險的經歷讓雷利納很高興，他又說道：「不，不，該死的，電影裡的故事可不是這麼回事！它誤導了我。從一開始起，我就重新回想《快樂公主》的劇情，並按著現成的足跡往下走。

快樂公主就是這麼做的，伐木工的行爲也是如此，因此，既然一切重新又開始了，那就跟著他們走吧。然而其實根本不是這麼一回事，恰好與所有規則相反，蘿絲・安德列走上了一條歪路，她在幾個小時內從受害者變成了最多情的公主！啊！該死的達爾布雷克，你把我們都給騙過了。因爲電影中表現出來的是個粗魯的傢伙，一個大猩猩般毛髮濃密的野人，我們會想像他在生活中也一定是個相當粗魯的傢伙，但結果他卻是個唐璜②。風流的傢伙，就是這樣！」

雷利納又搓了搓手，但他沒有繼續說下去，因爲他發現奧爾棠絲根本沒在聽。蘿絲已經從麻木中醒了過來，年輕的女子正摟著她低聲說道：「蘿絲……蘿絲……是我……什麼都不用怕了。」

奧爾棠絲開始輕聲地跟她說話，充滿愛意地安慰著她，但是蘿絲聽著聽著她的話，表情又一點點痛苦起來，一動不動離得遠遠的，僵直著身子坐在長沙發上，嘴唇緊緊地抿著。

雷利納覺得不應該去打斷她的痛苦，任何道理都不會壓過蘿絲・安德列深思熟慮做出的決定。他走近她輕聲說道：「我同意您的看法，女士。不論會發生什麼，您的義務就是爲您所愛的人辯護，證明他的清白。但不急，我認爲爲了他的利益考慮，最好先等上幾個小時，讓人繼續相信您是受害者。明天早上如果您還沒有改變主意的話，我會給您行動的建議。在那之前，跟您妹妹回房間去，準備好出發的東西，收拾一下您的文件，防止調查出對您不利的東西。相信我……您要有信心。」

雷利納又堅持了很久才成功的說服了年輕女子，她同意暫且等待。

於是大家安頓下來，準備在美麗幽居過夜，這裡儲備有足夠的口糧，一個警探準備了晚飯。晚上奧爾棠絲和蘿絲睡一間房，雷利納、莫里梭和兩名警探睡在客廳的長沙發上，另外兩名警探看守那個受了傷的人。

一晚平靜地過去了，第二天早晨憲兵③很早就到了，因爲格雷芒前一天已經通知了他們。他們決定將達爾布雷克轉移到省監獄的診療所去，雷利納沒有建議他們使用自己的汽車——儘管格雷芒已經把車開到了房子前面。

姐妹兩人看見人來人往的就下了樓，蘿絲·安德列表情堅毅，就像那些要採取行動的人一樣，奧爾棠絲焦慮地看著她，一面又觀察著雷利納沈著的表情。

一切準備就緒，只要叫醒達爾布雷克和他的看守就行了。

莫里梭自己去了，但竟發現兩個守衛睡得極沉，而床上已沒了人影，達爾布雷克逃走了。

這齣當場發生的戲劇性變化並沒有在員警和憲兵中引起很大的騷動，他們很確定逃犯的腿被打斷了，很快就會被捉住。至於看守沒聽到任何動靜就讓他給跑了的這個謎卻無人關心，達爾布雷克肯定是藏在附近的森林裡。

很快他們就組織搜捕隊，相信結果也不會有任何問題，蘿絲·安德列又亂了心神，向探長走了過去。

「閉上嘴。」一直監視著她的雷利納低聲說道。

她結結巴巴地說：「他們會找到他的……會用槍打死他的。」

「他們不會找到的。」雷利納肯定地說。

「您知道了什麼？」

「昨夜是我在我的司機的幫助下讓他逃走了，我們在警探的咖啡裡下了些藥，他們才什麼都沒聽見。」

她驚呆了，反駁道：「但他受了傷，他一定在某個角落裡快死了。」

「不會。」

奧爾棠絲聽著雷利納的話，並沒有明白詳情，但卻對他極為放心，也充滿了信心。

他低聲說道：「夫人，請對我發誓，兩個月之後等他痊癒了，您也對警方證明了他的清白，那時您就和他一起去美國。」

「我向您發誓。」

「還有您會嫁給他。」

「我向您發誓。」

「那就來吧，一句話也別說，也別做出任何驚訝的舉動，一秒鐘的疏忽您就可能會失去一切。」

他叫了聲已經開始對搜捕不抱希望的莫里梭，對他說道：「探長先生，我們要開車帶這位女士去巴黎，對她進行必要的治療。不論您最終的搜捕結果如何——我毫不懷疑一定會有結果的。請您確信，您不會因爲這事惹上任何麻煩，今晚我會去警局的，我在那兒有些很不錯的交情。」

他讓蘿絲·安德列挽住他的手臂向汽車走過去，半途他感到她踉蹌了一下，拽住了他。

「啊！我的天啊，他得救了……我看見他了。」她喃喃地說道。

在格雷芒的座位上，她認出了他，穿著司機的制服，帽舌壓得很低，一副很大的墨鏡遮住了眼睛。她認出了自己的愛人。

「上車。」雷利納說道。

她坐到了達爾布雷克旁邊，雷利納和奧爾棠絲坐在後排。莫里梭探長舉著帽子揮別他們。

他們出發了，不過只開了兩公里就不得不在森林中停下來。達爾布雷克之前是憑著超人的毅力才忍住了痛苦，這會兒就暈了過去。他被平躺著放在了汽車後座上，換了雷利納來開車，奧爾棠絲坐在他旁邊。汽車在到達魯維埃之前又停了一次，順路接了司機格雷芒，他是穿著達爾布雷克的破衣服步行過來的。

後來的幾個鐘頭都很安靜，汽車開得很快。奧爾棠絲什麼都沒說，甚至都沒想要問雷利納前一晚的事情。那些細節和他偷走達爾布雷克的方式又有什麼重要的呢！這些並不讓奧爾棠絲吃驚，她只是想著她的姐姐，被他們之間如此熾熱的愛情感動著！

靠近巴黎的時候，雷利納簡單地說道：「我昨夜和達爾布雷克談了話，珠寶商被害那件案子他肯定是無辜的。這是一個勇敢而誠實的人，和他看起來的樣子一點都不像；他也是一個溫柔的人，一個忠貞的人，他為了蘿絲・安德列會做好面對一切的準備。」

雷利納又補充道：「他是有道理的，應當為了自己所愛的人無所不為，應當為她犧牲，給她這世上最美好的東西，給她快樂和幸福……如果她覺得無聊，就應該帶她經歷美妙的冒險，讓她感動，讓她歡笑……或者甚至是哭泣。」

奧爾棠絲顫抖了一下，眼睛有些濕潤。雷利納第一次暗示了將他們連在一起的情感歷程，這種連繫儘管到目前為止還很脆弱，但是他們在緊張和興奮中的每一次共同經歷都使它變得更牢固、更堅韌。這個不同尋常的男人能使事情按照他的意願進展，他似乎能操縱自己戰鬥的對手和自己要保護之人的命運，在這個人身邊，她已經發覺到自己的弱勢和擔憂。他既讓她害怕，卻又吸引著她，她有時將他視作自己的主宰，有時又將他視為敵人而採取自衛，但更多的時候，是將他視作一個朋友，一個撥動她心弦的朋友，充滿了魅力和誘惑……

註解：

①德勒（Dreux）：位於法國西北方的市鎮，屬於厄爾－盧瓦省。

②唐璜（Don Juan）：是一名西班牙家傳户曉的一名傳説人物，以英俊瀟灑及風流著稱，一生中周旋於無數貴族婦女之間，在文學作品中多被用作「情聖」的代名詞。

③法國的憲兵不但可在軍隊裡執行警察職責，還可以行使地方警察職責。

chapter 5

讓・路易案

事情發生當時再平常不過了，只是一切來得如此迅速，奧爾棠絲甚至還沒明白是怎麼一回事，就在他們散步穿過塞納河的時候，一個女人的身影越過了橋的護欄，從空中跌入水裡。四面響起了尖叫聲，嘈雜一片，接著奧爾棠絲猛然抓住了雷利納的手臂：「幹嘛？你不會要跳下去吧！我不許你……」

話音未落，留在她手中的只剩下了男伴的外套，雷利納一躍跳了下去，接著……接著她什麼都看不見了。三分鐘以後，奧爾棠絲已經被湧過來的人流擠到了河岸邊。雷利納手裡抱著個年輕女子，正沿著岸邊的階梯向上爬，那個女子的一頭黑髮貼在蒼白的臉上。

「她沒死，」他肯定的說：「先幫她暢通一下呼吸……再去藥局那兒幫她買點藥，不會有危險的。」

他將年輕女子交給了兩名員警，撥開看熱鬧的人群和那些詢問他姓名的記者們，將激動的奧爾棠絲塞進了計程車。

「呦！」過了片刻他才叫道：「又洗了把澡！妳想怎麼著呢，親愛的朋友？我也是不由自主啊。看見有人跳河，我也只能跳下去，我的祖先裡肯定有紐芬蘭人①。」

他回到家換掉濕衣服，奧爾棠絲在計程車裡等著他，上車後他對司機說：「去逖爾希特路。」

「我們去哪？」奧爾棠絲問道。

「去探探那個姑娘的消息。」

「你有她的地址？」

「恩，我瞅空瞧見了她手鐲上的地址，還有她的名字『吉納維芙・埃馬爾』。所以我要去一趟。哦！我可不是衝著紐芬蘭人救人應得的獎賞去的！我只是好奇她跳河的原因，不過這原因可能也是很荒唐的，我救過十幾個跳河的姑娘，她們都是爲了一個原因跳河——情傷。每次都是爲了俗不可耐的愛情，你會發現這一點的，親愛的朋友。」

當他們到達逖爾希特路的寓所時，醫生正往外走。埃馬爾小姐和她的父親還在房裡。傭人告訴他們小姐情況很好，已經睡了。雷利納作爲吉納維芙・埃馬爾的救命恩人做了自我介紹，並且讓傭人遞了張名片進去。片刻後吉納維芙・埃馬爾的父親張開雙臂跑出來迎接他們，眼裡還含著淚水。

這是一位看起來羸弱的老人，不等客人開口，他就悲傷的說了：「這是第二次了，先生！上個禮拜她就想服毒，可憐的孩子！我爲了她就算砸了這身老骨頭也願意啊！但是問來問去她就這麼一句，『我不想活了！我不想活了！』唉！我眞怕她再想不開。太可怕了！我可憐的吉納維芙，她要自殺！天啊，這是爲什麼啊！……」

「是啊，爲什麼呢？」雷利納試探著問：「或許是婚事出了問題？」

「可不是嘛，就是婚事出了問題，可憐的孩子……太敏感了！」

雷利納打斷了他的話，當這個老實人開始吐露隱情的時候，不應該把時間浪費在一些廢話上，雷利納用權威的口吻明確要求道：「先生，讓我們一件件來談可以嗎？吉納維芙已經訂婚了？」

埃馬爾毫不回避地回答道：「是的。」

「從什麼時候起？」

「從春天的時候。我們在尼斯過復活節假期的時候認識了讓・路易・歐米瓦。這個年輕人通常都是和他的媽媽和嬸嬸住在鄉下，但我們一回到巴黎，他就搬來了我們這個街區，他和我女兒這對未婚夫婦每天都見面，我得向您承認，我個人覺得讓・路易・奧布瓦不是很好。」

「不好意思，」雷利納指出道：「您剛剛叫他讓・路易・歐米瓦。」

「那也是他的姓。」

「他有兩個姓？」

「我不知道，這是個謎。」

「他向你們自我介紹的時候用的是哪個姓？」

「讓·路易·歐米瓦。」

「那讓·路易·奧布瓦呢？」

「一位之前認識他的先生向我女兒介紹他的時候是這麼稱呼他的，管他奧布瓦還是歐米瓦，這不重要。我的女兒很愛他，他似乎也熱烈地愛著她。今年夏天在海邊的時候，他對她是寸步不離。上個月的時候，讓·路易要回去和他的母親和嬸嬸待上一段時間，結果我女兒就收到了這封信：

> 吉納維芙，我們的幸福面臨太多的障礙。
> 我非常失望的放棄了。我比任何時候都更愛妳。再見！原諒我。

「幾天之後，我女兒第一次試圖自殺。」

「爲什麼會分手呢？是移情別戀？還是他跟舊愛舊情復燃？」

「不，先生，我不這麼認爲。讓·路易的生活中——吉納維芙深信這一點，有一個秘密或者說是一連串的秘密，束縛著他，糾纏著他。他有一副我見過的最飽受折磨的面孔，從我看見他的第一眼起，我就覺得他身上有一種揮之不去的憂傷，即使他信心滿滿沉浸在愛情裡的時候，這種憂傷也沒有消失。

「但是您的這種印象有沒有得到證實呢？比如說在一些小的細節，或者是任何引起您注意的不正常現象？像兩個姓氏的事情，您沒針對這個問題問過他嗎？」

「問過兩次，第一次他回答我說他嬸嬸叫他奧布瓦，而他母親則叫他歐米瓦。」

「那第二次呢？」

「剛好相反，他說是母親叫他奧布瓦，嬸嬸叫他歐米瓦。我向他指了出來，他漲紅了臉，我就沒再堅持。」

「他住得離巴黎遠嗎？」

「在布列塔尼②那邊的艾森溫莊園，離卡黑有八公里。」

雷利納沉思了幾分鐘，拿定主意對老人說道：「我就不打擾吉納維芙小姐了，但請您務必一字不差的告訴她：『吉納維芙，救妳的那位先生以他的名譽擔保三天內把妳的未婚夫帶回妳身邊，請妳給讓・路易寫個字條讓那位先生可以轉交給他。』」

老人似乎很吃驚，他結結巴巴地說道：「您可以嗎？我可憐的女兒逃過一死後，她將能得到幸福快樂？」

他接著用幾乎微不可聞的聲音，似乎有些羞恥地問道：「哦！先生，快點吧，我女兒的行爲讓我覺得她已經忘記了自己的義務，她不願意帶著這樣的恥辱活下去……這種恥辱很快就會人盡皆知了。」

「安靜，先生，」雷利納命令道：「有些話您是不應該說的。」

當天晚上雷利納和奧爾棠絲就坐上了去布列塔尼的火車。

第二天上午十點他們到達了卡黑，用完午餐之後十二點半，他們坐上一輛向當地鄉紳借來的汽車出發了。

當他們在艾森溫花園前面下車時，雷利納笑著說道：「妳臉色有些蒼白，親愛的。」

「我承認，」她說道：「這個故事讓我很感動，一個女孩兩次尋死，那該多有勇氣啊！所以我害怕……」

「害怕什麼？」

「怕你不成功，你就不擔心嗎？」

「親愛的，」他回答道：「要是我告訴妳我甚至有些高興，那無疑會讓妳非常吃驚的。」

「那是爲什麼？」

「我不知道，讓妳感動的那個故事卻讓我覺得有些喜劇成分在其中。歐米瓦、奧布瓦，這讓人覺得有些陳舊發霉的味道。相信我，請妳冷靜下來，來吧。」

雷利納走過中間的柵門，柵門兩邊是兩扇小門，其中一個標著歐米瓦太太的名字，另一個則標著奧布瓦太太。兩扇門都由隱在桃葉珊瑚和黃楊叢中的小徑通向主幹道的左右兩邊。

那條主幹道則通向一個窄窄的低矮的老式莊園，像是幅畫似的。只是莊園兩邊的側屋不太雅觀，顯得呆板。兩邊的建築各不相同，每邊都另有側道。顯然左邊住著的是歐米瓦太太，右邊是奧布瓦太太。

一陣人聲讓雷利納和奧爾棠絲停下了腳步，他倆側耳細聽，又尖又急的爭吵聲從底樓的一扇窗戶裡傳出來。建築的整個底層在同一水平線上，沿線種著紅葡萄和白玫瑰。

「我們不能再往前走了，」奧爾棠絲說道：「有些冒失了。」

「妳可以這樣想，」雷利納輕聲說道：「在這種情形下，冒失是一種義務，因爲我們就是來了解眞實情況的。您瞧，我們一直朝前走，不會被吵架的人看到的。」

事實上，爭吵的聲音半點也沒有停下來。他們走到了緊挨門口的那扇窗戶前，窗戶打開著，透過玫瑰和樹葉，他們可以聽到兩個老婦人聲嘶力竭的叫喊，看見她倆威脅著彼此要揮拳相向。

她倆所在的是一間寬敞的客廳，桌上的飯菜還沒有撤掉。桌子後面坐著個年輕人，抽著煙，讀著報紙，絲毫也不爲那兩位潑婦擔心，那一定就是讓・路易了。

瘦高個的那個婦人穿著深紫色的絲質衣服，一頭金色捲髮襯得她的臉更加憔悴。另一位更瘦，但個頭要矮些，穿著件細棉布的睡衣，不停地扭動著身子。她紅棕色的臉上擦了脂粉，怒火中燒之下更加明顯。

「妳就是個壞蛋！」她尖叫道：「比誰都壞，要論偷竊的本事誰也不是妳的對手。」

「我偷竊！」另一個叫道。

「鴨肉十法郎一塊，這不是偷竊是什麼！」

「閉嘴，妳這無賴！我梳粧檯上五十法郎的鈔票，誰拿走啦？啊！天哪，竟然跟這樣的垃圾住在一起！」

另一個一怒之下跳了起來，對年輕人呵斥道：「好啊，讓，你就由著她，這個惡毒的歐米瓦，這麼侮辱我？」

高個子的夫人又瘋狂地攻擊道：「惡毒！你聽到了，路易？這就是你家奧布瓦那老東西的嘴臉！讓她閉嘴！」

年輕人突然舉起拳頭猛拍了一下，桌上的碗碟都震動了。他大聲說道：「妳們兩個都給我安靜，瘋婆子！」

她倆一下子矛頭又指向了他，叫道：「懦夫！……僞君子！……騙子！……混蛋兒子！……無賴養的你也是個無賴……」

各種侮辱向他襲來，他塞住耳朵，像熱鍋上的螞蟻在桌前打轉，似乎已經耐心全無，卻仍克制著自己避免把對手猛揍一頓。

雷利納低聲說道：「我跟您說什麼來著？巴黎發生的是幕悲劇，這裡卻在上演喜劇。我們進去吧。」

「去見這些狂怒的人？」年輕女子抗議道。

「正是。」

「但是……」

「親愛的朋友，我們不是來這兒刺探情況的，而是來採取行動的！直截了當些，這樣會看得更清楚。」

他堅定地走過去，拉開門進了客廳，奧爾棠絲跟在後面。

他的出現讓屋裡的人很是震驚，兩個婦人停止了爭吵，因為生氣面色通紅，微微戰慄著。讓・路易站起身，面色十分蒼白。

雷利納利用他們都慌了神的機會，馬上取得了話語權。

「請允許我自我介紹一下——雷利納公爵、丹妮爾夫人，我們是吉納維芙・埃馬爾小姐的朋友。我們正是以她的名義過來的，這是她寫給您的一封信，先生。」

讓・路易已經被兩位不速之客弄了個措手不及，一聽到吉納維芙的名字更是慌了神。他甚至都沒明白自己在說什麼，只是為了禮貌地回應一下，也想要作一下介紹，就冒出了一句令人目瞪口呆的話：「歐米瓦太太，我的母親；奧布瓦太太，我的母親。」

沈默良久之後，雷利納打了個招呼。奧爾棠絲則不知道該先向歐米瓦太太還是先向奧布瓦太太伸出手去。不過不論是哪位，她們兩人都同時想奪過雷利納遞給讓・路易的信。兩人同時咕噥道：

「埃馬爾小姐！她可眞夠厚顏無恥……眞夠膽大妄爲的！」

讓・路易已經有幾分冷靜下來，他一把拉住歐米瓦媽媽，讓她從左邊出去，接著又拽住奧布瓦媽媽讓她從右邊出去，然後回到兩位客人面前，拆開信低聲讀道：「讓・路易，請您接待送信之人。相信他，我愛你。吉納維芙上。」

這是個看起來有些沉悶的男人，臉曬得很黑，骨瘦如柴。正如吉納維芙的父親所說，他愁緒滿懷。他面上的痛苦顯而易見，如同他那憂傷而又不安的雙眸。

他心不在焉地環顧四周，重複了好幾遍吉納維芙的名字，似乎在考慮採取何種行動。他似乎要給出一些解釋，但又沒找到什麼可解釋的。雷利納的介入讓他不知所措，就像面臨突襲不知該如何回擊似的。

雷利納從一開始起就感覺到對手會投降。幾個月來，他心裡一直都在激烈地鬥爭，一直都飽受逃避和沈默的痛苦，他在這種逃避和沈默中尋求避難，都沒有想過要自衛。如今他最可憎的經歷都已經被人窺破了，他還能自衛嗎？

雷利納突然間向他發動了攻擊。

「先生，他說道，自從你們分手以來，吉納維芙已經兩次試圖自盡。我來就是爲了問問您，再這樣下去，她之後不可避免的死亡是否就是你們愛情的結局？」

讓・路易癱倒在椅子上，將臉埋入了兩手之間。

「哦！」他說道：「她想要自盡……哦！這可能嗎！」

雷利納沒有給他絲毫喘息的機會。他拍拍他的肩膀，彎下腰說道：「請您相信，先生，您最好告訴我們實情。我們是吉納維芙的朋友，承諾一定會幫她的。求您別猶豫了。」

年輕人重新抬起頭。

他無精打采地說道：「聽了您對我透露的這些話，我還能猶豫嗎？您剛剛都已經聽到了，我還能猶豫嗎？您也猜到我的生活了。我還能對您說些什麼呢，讓您了解我的全部生活，讓您把這個秘密告訴吉納維芙，這個荒唐而又可怕的秘密會讓她明白我為何沒有回到她身邊，明白我為何無權回到她身邊。」

雷利納看了奧爾棠絲一眼，在吉納維芙的父親吐露實情二十四個小時之後，雷利納用同樣的方法獲得了讓·路易的信任，整個事件在兩個男人的坦白下浮出水面。

雷利納為奧爾棠絲拉過一把椅子，自己和讓·路易也坐了下來。他沒再進一步要求，讓·路易就開口了，似乎還因為這樣的坦露表現出了幾份輕鬆。

「先生，如果我講的故事有幾份諷刺，您不要太驚訝，因為事實上，這確實是一個可笑的故事，它也一定會讓您笑出來的。命運之神常常以耍弄這些愚蠢的把戲為樂，以這些笑話為樂。這些把戲和笑話就像是瘋子或者醉漢想像出來的。這些就交給您來評判吧。

「二十七年前，艾森溫莊園只有一間正屋，裡面住著位上了年紀的醫生。他為了貼補自己微薄的收入，有時會收留一兩個寄宿的人。就這樣，有一年，歐米瓦太太在這裡度過了夏天，而奧布瓦太太也在這兒度過了第二年的夏天。不過這兩位太太彼此並不認識。後來她們一個嫁給了布列塔尼河上的船長，一個嫁給了旺代的商人。而她們也同時失去了自己的丈夫，那時兩人都已經懷孕了。因爲都住在鄉下的偏僻地方，她們就給醫生寫信說想來他這兒分娩。

「醫生同意了，秋天的時候她倆幾乎同時來到這兒。就在這間客廳的後面有兩件小房子，是爲她們準備的。醫生還招了一個護士，也是以前在他這兒生過孩子的。一切都很好，兩位太太準備好了嬰兒要用的衣物，兩人相處得也很融洽。因爲她們都決心要生男孩，所以就給孩子選好了名字：讓和路易。

「然而有一天晚上，醫生和他的僕人坐著敞篷馬車出診了，說是第二天才能回來。因爲主人不在，做女傭的小姑娘就去會情人了。命運不懷好意地利用了這些巧合。快到午夜的時候，歐米瓦夫人開始感到陣痛。護士布絲里奧小姐也算是接生婆了，所以她並沒有慌了手腳。可是一個小時之後，輪到奧布瓦太太要生了。這場悲劇，或者我們更準確地將之稱爲悲喜劇，就在兩位病人的叫喊和呻吟聲以及護士手忙腳亂的焦躁不安中展開了。她跑來跑去，哀歎不已，一會兒打開窗戶想叫醫生回來，一會兒跪在地上請求神助。

「奧布瓦太太先誕下了一個男孩，布絲里奧小姐急忙將他抱到客廳裡，擦洗完畢放到爲他準備好的搖籃裡。

「而歐米瓦太太叫得很痛苦，護士不得不去她那兒幫忙。因此這個新生的嬰兒就像被宰的野獸般哭得聲嘶力竭，他的母親被嚇壞了，卻又下不了床，結果就昏死過去了。

「讓這些混亂更甚的是，唯一的一盞燈沒油了，蠟燭也滅了，只聽到風聲和貓頭鷹的叫聲。您要知道布絲里奧小姐當時嚇得要死。最終淩晨五點的時候，所有這些悲劇的事情都過去了，她把小歐米瓦抱來了這兒。那也是一個男孩兒，她將他清洗乾淨放進搖籃裡，接著又去照顧已經清醒過來吵個不停的奧布瓦太太和剛剛昏過去的歐米瓦太太。

「當布絲里奧小姐好容易擺脫了兩位母親又累又暈回到孩子那兒的時候，她驚恐地發現自己將兩個孩子包在了一模一樣的襁褓裡，給他們穿的羊毛鞋也是一樣的，兩個孩子並排躺在一個搖籃裡。這下根本就沒法知道誰是路易・歐米瓦，誰是讓・奧布瓦了。

「還有，當她抱起其中一個孩子的時候，發現他已經雙手冰冷沒了呼吸。孩子死了。這個死孩子叫什麼？而活下來的那個又叫什麼？

「三個小時以後，醫生回來了，發現兩個女人已經失去理智精神錯亂了，護士則趴在她們的床前請求她們原諒。她們一會兒撫摸著我，那個倖存的孩子，一會兒抱著我親吻，一會兒又把我推開。因爲我到底是誰？是歐米瓦太太和已故船長的兒子？還是奧布瓦太太和已故商人的兒子？沒有任何能作出判斷的根據。

「醫生請求我兩位母親中有一位至少從法律的角度犧牲自己的權利，這樣我才能被叫做路易・

歐米瓦或者讓·奧布瓦。但她們拒不接受。

『爲什麼叫讓·奧布瓦，如果他是歐米瓦家的呢？』一個抗議說。

『爲什麼叫路易·歐米瓦，如果他是讓·奧布瓦呢？』另一個反擊道。

「於是我就以讓·路易的名字被申報了，父母不明。」

雷利納公爵一直沈默的聽著，然而隨著故事的結局呼之欲出，奧爾棠絲幾乎要笑出來，她只得勉強忍住，而年輕人也不可避免地察覺了她的反應。

「對不起，」她結結巴巴地說道，眼淚都出來了：「對不起，我太激動了。」

他的語氣裡沒有絲毫苦澀，只是輕輕地回答道：「不用道歉，夫人。我告訴過您我的故事是會讓人發笑的，我比任何人都更了解它的愚蠢和荒唐。是的，這一切都很可笑。但是請您務必相信，現實生活中這一點不好笑。這種情況貌似頗具喜劇效果，其實也很有喜劇效果，卻令人相當痛苦。您看到了，不是嗎？兩位既不確定自己是母親又不確定自己不是母親的母親都緊抓住讓·路易不放。他有可能是個陌生人，也有可能是她們的親骨肉。她們既瘋狂地愛他，又憤怒地爭奪著他，更爲甚者，她們兩人彼此憎惡對方。她們性格不同，教育背景也不一樣，可卻不得不生活在一起，因爲她們都不願意放棄自己可能具有的母親身份，就這樣成爲死敵。

「我就是在這種仇恨中長大的，她們教給我的正是這種仇恨。如果我那幼小的渴望溫情的心靈傾向了其中的一位，另一位就會鄙視我，憎恨我。醫生死後她們買下了這座莊園，在兩邊搭起了側房。日復一日，我既是她們的受害者，也充當著折磨她們的角色，而這並非我的本意。我的童年飽受折磨，我的青少年時期也糟糕透頂，我覺得沒有人比我受的苦更多了。」

「應當離開她們！」奧爾棠絲不再發笑了，她說道。

「人不會離開自己的母親，」他說道：「她們中有一個是我的母親。人們也不會拋棄自己的兒子，她們都相信我是她們的兒子。我們三個被拴在了一起，就像是苦役犯，被痛苦、同情、懷疑和有朝一日眞相大白的希望拴在了一起。這樣我們三個人就一直待在這兒，因爲自己被毀掉的生活侮辱、責怪彼此。啊！這是怎樣的地獄啊！怎樣才能逃離呢？我做出了好幾次嘗試，卻只是徒勞。我們之間總是藕斷絲連。今年夏天，在愛情的鼓勵下，我想要自我解放，試圖說服被我叫做媽媽的兩個女人。接著，接著我就遭到了她們的抱怨，遭到了她們對吉納維芙這個我強加給她們的女人的仇恨。我退縮了，吉納維芙倘若夾在歐米瓦和奧布瓦兩位太太之間又能怎麼辦呢？我有權利犧牲她嗎？」

讓・路易慢慢地激動起來，最後幾句話說得擲地有聲，彷彿想把自己的行爲歸入理性思考和情感責任的範疇。事實上，雷利納和奧爾棠絲很清楚，這是一個軟弱的人，沒有能力就這樣荒唐的局面作出抗爭，他從小就飽受其苦，無可救藥地身陷其中不能自拔。他就像背負著一個沉重的十字架，卻又無權將之拋棄，同時他又對此感到羞恥。在吉納維芙面前，他因爲害怕嘲笑而三緘其口，一回到這座監獄裡，他又因爲意志薄弱而習慣性地留了下來。

他在寫字台前坐下，很快地寫了一封信交給雷利納。

「請您將這幾句話帶給埃馬爾小姐，」他說道：「並請求她原諒我。」

雷利納沒有動，讓・路易依舊堅持。雷利納接過信一把撕了。

「您這是什麼意思？」年輕人問道。

「我的意思是我不會幫您轉交這信。」

「那是爲什麼？」

「因爲您要和我們一起走……」

「我？」

「因爲您明天就會回到埃馬爾小姐身邊，因爲您會向她求婚。」

讓・路易有些輕蔑地看著雷利納，彷彿是在想：「這位先生根本沒弄明白我給他講述的事情。」

奧爾棠絲走近雷利納。

「再跟他說吉納維芙已經想要自盡了，她一定還會再自盡的……」

「不用，事情會按照我所說的那樣進展，我們三人，一、兩個鐘頭以後就會出發，明天他就會去求婚。」

年輕人聳聳肩膀冷笑道：「您說得可真有把握！」

「我這樣說是有原因的。」

「什麼原因？」

「我給您舉個例子，就一個例子，但卻足以讓您願意幫助我進行調查。」

「調查，什麼目的？」讓・路易問道。

「目的就是證實您的故事並不完全準確。」

讓・路易採取了對抗。

「我請您相信，先生，我所說的都是絕對的事實。」

「我沒解釋清楚，」雷利納接著說道，聲音溫和了很多：「您說的當然是您所相信的絕對事實，但事實不是，也不是您所相信的那樣。」

年輕人雙手抱在胸前。

「不管怎樣，先生，我應該比您更清楚事實。」

「爲什麼比我更清楚？您所知道的那個悲劇夜晚發生的一切不過是二手資料罷了，您沒有任何證據，歐米瓦太太和奧布瓦太太也沒有。」

「關於什麼的證據？」讓・路易不耐煩地叫道。

「關於那場混亂的證據。」

「怎麼會！這是肯定無疑的！兩個孩子被放在了一個搖籃裡沒法區分了，護士不知道……」

「但是，」雷利納打斷道：「這只是護士說的版本。」

「您說什麼？只是她說的版本？您這是在指控那個女人。」

「我沒有指控她。」

「您有，您指控她說了謊。說謊？原因呢？她沒有任何好處的，再說她的那些眼淚，那些絕望，她的那些證詞都證實了她並無惡意。不管怎樣，兩個母親都是在現場的，她們看見那個女人哭了，她們也盤問了她。我再重複一點，她說謊有什麼好處呢？」

讓・路易相當激動，而之前一直都在門外聽著的歐米瓦太太和奧布瓦太太，也早偷偷地進來站到了讓・路易身邊，她倆被驚呆了，結結巴巴地說：「不……不……這不可能……我們都問了她一百遍了，她爲什麼要說謊？」

「說呀，說呀，先生，」讓・路易命令道：「給我們解釋解釋，告訴我們您爲什麼要質疑這樣一樁既定的事實。」

「因爲這個事實讓人沒法接受，」雷利納提高聲音宣佈道，這下輪到他激動起來了，邊說邊拍著桌子：「不是，事情不是這樣的。不，命運不會那麼殘忍，也不可能所有的偶然都湊到了一起如此荒唐！醫生、僕人和女傭都離開的那晚，兩位太太同時臨盆、同時產下了兩個兒子，這已是聞所未聞的湊巧了。竟然還有更離奇的！這都成妖術了！燈和蠟燭都滅了！不，絕對不會，一個接生婆在做自己本職工作時竟會手忙腳亂，這讓人無法接受。不管她因爲事出突然有多麼的慌亂，她至少還有殘留的直覺，把兩個孩子放到指定的位置區別開來。即使他倆並排躺著，也是一個在右邊，一個在左邊。即使包了一樣的襁褓，那也會有細節的區別，會留有印象，無需思考就能辨別。混亂？我才不這麼認爲呢。沒法知道了？謊話。若是虛構的故事，我們當然可以發揮想像將這些矛盾都合爲一體。但在現實生活中，總有一個固定的點，一個牢固的核心，事情會圍繞這個點，這個核心按照邏輯順序串聯起來。由此我斷言布絲里奧護士不可能把兩個孩子弄混。」

他說得如此清晰，好像他見證了那晚的事情一般。他的說服力如此強大，一下子就動搖了他們二十多年來的深信不疑。

兩個女人和她們的兒子都衝到他身邊，喘著氣焦慮地問道：「這樣的話，您認爲，她會吐露實情嗎？」

他回道：「我不確定，我只是說，她當時的行爲中有與她的話語和事實情況不相符的地方。壓在你們三人身上那沉重不堪的謎團不是源自一時的不小心，而是源自我們沒有弄清而她卻很明白的內容，這就是我所要說的。」

讓・路易想要掙脫雷利納的束縛，跳起來反抗道：「是，這就是您所要說的，」

「本來就是這麼回事！」雷利納強調道：「不是非要親身經歷才能看明白，不是非要親耳聽到才能理解。理性和直覺會給我們和事實一樣有力地證據。布絲里奧護士身上還有我們不知道的一些實情。」

讓・路易啞著聲音說道：「她還活著！她就住在卡黑……我們可以讓她過來！」

兩位母親中有一位立刻叫道：「我去，我把她帶來。」

「不，」雷利納說道：「不能是您，不能是你們三人中的任何一個。」

奧爾棠絲建議道：「你是否願意我去一趟呢？我可以乘車去，一定會讓她跟我回來的。她住在哪兒？」

「在卡黑市中心，讓・路易說道，開了家縫紉用品店。司機會指給您的……布絲里奧小姐……大家都認識她……」

「親愛的，」雷利納補充道：「特別注意別提前告訴她任何事情。她要是擔心的話，那再好不過了。但不要讓她知道我們想從她身上獲得什麼消息。如果您想要成功的話，這是必不可少的條件。」

剩下的人陷入了完全的沈默，半個小時過去了。雷利納在房內散步。屋子裡有漂亮的古老傢俱，美麗的地毯，還有各種精裝書和漂亮的小玩意，這些都表明了讓・路易的藝術品味，因爲這間屋子正是他的。而旁邊，透過半開的門可以看見相鄰的住所，裡面的布置顯示兩位母親的品味並不怎麼樣。雷利納走近年輕人低聲問道：「她們是不是很有錢？」

「是的。」

「那您呢？」

「她們想把這處莊園和周圍的地都給我，這樣就可以確保我能獨立生存。」

「她們有家人嗎？」

「兩人都有姐妹。」

「她們可以去住自己的姐妹那裡？」

「是的，她們有時也會想到這個。但是，先生，我們的問題跟這個沒關係，我擔心您的介入會以失敗告終，我再次向您保證……」

正在這時汽車回來了。兩位太太馬上站起來想開口。

「讓我來吧，」雷利納說道：「還有你們不要對我的方式表示驚訝，我不會問她問題，而是會讓她害怕，使她昏頭轉向。她在混亂中就會開口了。」

汽車繞過草坪停在了窗前，奧爾棠絲跳下車，伸手攙過一位老婦人，她戴了頂皺亞麻布的帽子，穿著黑色的天鵝絨上衣和厚實的百褶裙。

老太太無措地進了門，她的臉長得像黃鼠狼，特別尖，下部露著齜出來的小牙齒。

「發生了什麼事，歐米瓦太太？」她有些害怕地走進了這間屋子。當年她正是被醫生從這兒趕出去的。「您好，奧布瓦太太。」

兩位太太都沒有回答。雷利納上前一步嚴肅地說道：「發生了什麼事，布絲里奧小姐？我來通知您。我靠您近一些，好讓您好好思考我說的每一個字。」

他的神情就像是一名預審法官，面對一個罪名已被坐實的人。

他一本正經地說道：「布絲里奧小姐，我受巴黎警方委託前來調查二十七年前發生的一樁案子。您在這樁案子中扮演了重要角色。我剛剛掌握證據，您篡改了事實，因爲您虛假的申報導致那晚出生的一個孩子的身份資料不準確。涉及身份資料的虛假申報構成了犯罪，因此我不得不將您帶到巴黎，當著律師的面對您進行嚴格的審訊。」

「去巴黎？律師？」布絲里奧小姐歎道。

「的確應當如此，小姐，因爲您被逮捕了，除非，」雷利納暗示道，「除非您從現在起就準備好坦白一切，以求彌補您所犯錯誤引發的後果。」

這位老小姐四肢發抖，牙齒打顫，她顯然無力反抗雷利納。

「您決定將一切坦白了嗎？」他問道。

她冒險一搏：「我沒什麼要坦白的，因爲我什麼都沒做過。」

「那麼我們就走吧。」他說道。

「別，別，」她乞求道：「啊！先生，我求求您……」

「您決定了嗎？」

「是的，」她輕聲說道。

「那就快說吧，我還要趕火車呢。這樁事情必須立即解決，您稍有猶豫我就會把您帶回巴黎。

就這麼說定了？」

「好的。」

「那就明說了吧，別耍什麼花樣，也別找藉口。」

他指著讓・路易問道：「這位先生是誰的兒子？是歐米瓦太太的？」

「不是。」

「那就是奧布瓦太太的？」

「也不是。」

這兩次回答震驚了在場的人，大家陷入了沈默。

「那您就解釋解釋吧。」雷利納看著自己的手錶命令道。

布絲里奧小姐跪了下來，音調都變了，低聲地講述其中原委。其他人不得不彎下身才能勉強聽出來她在咕噥些什麼。

「那晚來了一個人……是一位先生，抱了個新生的嬰兒，孩子包在被子裡，他想把孩子交給醫生……因爲醫生不在，他一整夜都待在那兒等著。一切都是他幹的。」

「什麼？他做了什麼？」雷利納問道：「發生了什麼事？」

他雙手抓住老婦人，用迫切的眼神看著她。讓・路易和兩位母親也向她俯下身去，因爲焦慮微微喘息著，他們的生活就取決於即將到來的幾句話。

她雙手相握，就像人們供認犯罪時的那樣，一字一句地說道：「呃，死去的不是一個嬰兒，而是兩個嬰兒——歐米瓦和奧布瓦兩位太太的孩子都發生了無法救治的痙攣。那位先生看到這樣的情形就對我說——我還記得他的每一句話，他的聲音，記得發生的一切。他對我說：『這樣的情形使我知道我該做些什麼。我應當抓住這個機會讓我的孩子過上快樂的生活，得到很好的照顧。請您把他放在那兩個死孩子的位置上。』」

「他給了我很大一筆錢，還告訴我這樣可以省去他每月要爲孩子支付的撫養費，我同意了。只是該用他取代掉哪個孩子呢？讓這個男孩成爲路易・歐米瓦還是讓・奧布瓦呢？他想了一會兒回答道：『兩個都不是。』他向我解釋我應當怎樣處理，還有他走後我該說些什麼。就在我把他的孩子裹上和其中一個死孩子一樣的衣衫和襁褓時，他已經把另一個小孩用帶來的被子包起來，消失在夜色中。」

布絲里奧小姐低頭哭了起來。過了一會兒，雷利納緩和了語氣對她說道：「我也不隱瞞您，您做的供述和我的調查相吻合，法院會考慮這一點的。」

「那我就不用去巴黎了？」

「是的。」

「您不會把我帶走了？我可以離開了？」

「您可以離開了，暫時沒什麼事了。」

「這一切不會成爲當地人茶餘飯後的聊天題材吧？」

「不會。啊！還有一件事，您知道那個男人的名字叫什麼嗎？」

「他沒告訴我。」

「您再也沒見過他？」

「從來沒有。」

「您沒什麼其他要陳述的了？」

「沒有了。」

「您準備好在這份供詞上簽名了嗎？」

「是的。」

「很好。」

「一兩個星期內，您會收到傳訊，在此之前別對任何人說這事兒。」

她站起身劃了一個十字，渾身無力地倚在了雷利納身上。他將她扶到屋外關上了門。

等他回屋的時候，讓・路易站在兩位老婦人中間，三個人手拉著手。原先的仇恨和苦霎時破除了，他們間甚至無需思考就產生了一種祥和與寧靜，自己也沒有察覺，這種情感卻讓他們嚴肅地沉思。

「加快速度，」雷利納對奧爾棠絲說道：「現在到了整件事決定性的階段，我們得把讓・路易弄上車。」

奧爾棠絲似乎有些心不在焉，喃喃地說：「你爲什麼讓那個女人就這樣走了？您對她的供述滿意嗎？」

「我不滿意，但她已經交待了發生的事情，妳還想要什麼呢？」

「沒什麼……我不知道。」

「我們稍後再談吧，親愛的。現在，我重複一遍，我們得把讓・路易帶走，必須得馬上，否則……」

他對年輕人說道：「我認爲您，還有奧布瓦和歐米瓦兩位太太，因爲這件事情的關係，最好暫時先分開一陣子，這樣你們三人可以在獨立思考的狀態下看得更清楚，從而使事情得以解決，您也是這樣想的吧？現在跟我們走吧，先生，現在最要緊的是拯救您的未婚妻吉納維芙・埃馬爾小姐。」

讓・路易還是一頭霧水，雷利納轉向兩位老婦人說道：「我毫不懷疑，這也是你們的想法，是吧，太太？」

她倆點了點頭。

「您看到了，先生，」他對讓・路易說道，「我們都達成了一致的看法。在嚴重的危機中應當先退幾步來應對，冷靜幾天，那時您可以拋下吉納維芙・埃馬爾，回到您目前的生活狀態中來，但這幾天的思考時間是不可少的。快點，先生。」

雷利納沒有給他思考的時間，固執己見地勸說了他一頓，弄得他暈頭轉向，接著就將他推進了他的屋內。

半個小時之後，讓・路易離開了莊園。

「他再回到那兒的時候就會已經結婚了。」當汽車將他們送到甘岡車站，讓・路易忙著照看箱子的時候，雷利納對奧爾棠絲說道：「一切再好不過了，妳高興嗎？」

「是的，可憐的吉納維芙會很高興的，」她心不在焉地回答道。

一上火車，他們二人就去了餐車，雷利納問了奧爾棠絲好幾個問題，但她只是嗯嗯喔喔地應付一下，雷利納吃完晚飯後，抗議道：「哎！怎麼了，親愛的？妳看上去很擔心的樣子。」

「我？沒有啊。」

「妳就是很擔心，我還不了解妳嗎。說吧，別憋在心裡了。」

她笑了起來。

「好吧，既然你堅持想要知道我是否滿意，我就跟你說吧。顯然，我替吉納維芙・埃馬爾高興，但是從另一個角度說來，從冒險的角度說來，我還是有些不太滿意……」

「坦白說就是這次我沒讓妳感到大吃一驚？」

「的確不是太吃驚。」

「妳覺得我的角色只是次要的？因爲說到底，我又做了些什麼呢？我們去聽了讓・路易的訴苦，讓一個過去的接生婆露個面，這就完了。」

「是啊，我就在想是不是這就結束了，我也不確定。事實上，我們其他幾次冒險都讓我覺得……怎麼說呢？覺得更完整，更清楚。」

「這一次讓妳覺得不明不白的？」

「是的，不明不白的，沒完似的。」

「妳指什麼呢？」

「我不知道。可能是因爲那個女人的供詞，是的，很有可能。她的供詞太出人意料了，而且那麼短就沒了！」

「當然嘍！」雷利納笑著說道：「妳一定覺得我結束得太匆忙，但本來就不該有太多的解釋。」

「怎麼說？」

「如果她說得太詳細，旁人可能就不相信她的說詞了。」

「不相信？」

「親愛的朋友，故事本來就有些牽強附會。那晚來了個男人，帶來個孩子又帶走具屍體，按常理想這根本站不住腳，妳還想怎麼樣呢，我也沒多少時間去教導那個可憐的角色更好的說詞。」

奧爾棠絲驚呆了，看著他說道：「你這是什麼意思？」

「是啊，不是嗎？因爲這些鄉下女人頭腦一點也不靈活，而她和我時間都很緊，所以我們倉促間編了個劇本，所幸她背得還不錯，音調裡還帶了驚惶、顫抖，還有眼淚。」

「這怎麼可能！這怎麼可能！」奧爾棠絲喃喃道：「這麼說你之前見過她？」

「當然了。」

「什麼時候？」

「早上到的時候呀，就在妳去卡黑旅館梳洗的時候，我去打探了消息。您要知道歐米瓦、奧布瓦這場鬧劇在當地可是知名得很。馬上就有人告訴我當年的接生婆是布絲里奧小姐。有了她事情進展得可就快了，三分鐘敲定了故事的新版本，一萬法郎就讓她同意在莊園的那些人面前彩排一遍這個版本——還是個不太合理的版本。」

「根本完全不合理！」

「也不是這樣啊，親愛的朋友，因爲當時您相信了，其他人也相信了，這才是最關鍵的部分。事實存在了二十七年，再堅固不過，因爲它本來就是在事實的基礎上建立起來的。要想摧毀它就必須一擊就中，所以我才拼命地發揮口才。沒法分辨兩個孩子——我否決了；護士混亂——那是謊話！那三人都是這樁事件的受害者，他們一定會想弄清楚。所以讓・路易馬上被動搖了，叫道：『容易得很，讓布絲里奧小姐過來。』『讓她過來。』布絲里奧小姐來了，就用我教給她的那段話信口開河。戲劇性的一幕發生了，大家都震驚了，我就利用這個機會劫走了年輕人。」

奧爾棠絲搖搖頭說道：「但是他們三個都會明白過來的！他們仔細想過就會懂的！」

「他們這輩子都不會弄明白的！可能他們會懷疑，但是他們無法肯定的！他們絕不會去細想！爲什麼呢？因爲他們在地獄中掙扎了二十多年，我把他們拯救了出來，他們還會想再跳回去？這些人過去因爲懦弱，因爲虛假的義務感，沒有勇氣逃離，他們如今還不死死抓住我給他們的自由？算了吧！不過他們還是得接受這些年來的錯誤，這些錯誤比當年布絲里奧小姐帶給他們的更爲複雜。不過不管怎樣，我的版本也不比事實差。妳看，他們可是想都沒想就接受了。瞧，在我們離開前，我可是聽到歐米瓦和奧布瓦兩位太太在談馬上搬家的事。想到彼此再不碰面，她們可是相親相愛得很呢。」

「但是讓・路易呢？」

「讓・路易！他可是受夠了他的兩個母親！見鬼，人哪能有兩個母親！這情況夠他受的！如果有機會選擇擁有兩個母親或是一個都沒有，才不會有人猶豫呢。再者讓・路易喜歡吉納維芙。我願意去相信他夠愛她，不會想給她弄兩個婆婆來的！妳這下可以安心了。那個年輕姑娘的幸福得到了保證，這不就是妳想要的嗎？重要的是結果而不是過程。如果說有的冒險是憑藉著研究煙蒂或者玻璃水瓶點燃的帽盒而最終眞相大白，那有的冒險就需要利用心理學，採用純心理學的解決方法。」

奧爾棠絲不做聲了，片刻之後，她又說道：「那麼你眞的確信讓・路易……」

雷利納顯出很驚訝的樣子。

「妳怎麼還在想這個老故事呀？這都已經結束了。啊！好吧！我得告訴妳我對這個一兒雙母的故事已經沒有一點興趣了。」

雷利納說這句話的時候音調如此可笑，帶著滑稽的眞誠，奧爾棠絲也笑了出來。

「再好不過了。」他說道：「笑吧，親愛的朋友，笑著看事情會比哭的時候看得更清楚，還有一個原因妳也該一有機會就多笑笑。」

「什麼原因？」

「妳有一口漂亮的牙齒。」

註解：

①這裡是雷利納開的一個玩笑，因為紐芬蘭是著名的漁場，當地人下水的概率比其他地方的人要大很多。

①布列塔尼（Bretagne）位於法國西北部的布列塔尼半島。

chapter 6

斧頭夫人

若要說到戰爭爆發前的那段時期內最讓人無法理解的事件，斧頭夫人一案必然名列其中。此案的結局當時並不爲人所知，而且有可能永遠不會爲人所知，倘若不是情況所迫，雷利納公爵（我們是否應該叫他亞森·羅蘋呢？）不得不參與此案，而我們根據他所透露的故事寫出眞實的敘述，這才使此案眞相大白於天下。

我們來回憶一下案情吧，五名婦女在十八個月內相繼失蹤，她們的身份各不相同，年齡在二十歲到三十歲之間，都住在巴黎市內或者郊區內。

她們的名字是：拉都太太——醫生的妻子；阿爾丹小姐——銀行家的女兒；克弗洛小姐——庫貝瓦的洗衣工；奧羅蓮娜·維妮塞小姐——一名裁縫；格洛倫日太太——畫家。無人能經由她們失蹤的細節解釋這五名婦女爲何會出門，爲何再沒有回去的原因，也無法解釋到底是什麼東西吸引她們出去的，或者是她們在何處以何種方式被捉住。

每次她們出門之後的第八天就會有人在巴黎西郊的某個地方發現她們，每次發現的都是一具屍體，頭部遭遇了斧劈。所有的婦女都滿面血痕，被牢牢綁住，瘦骨嶙峋，這是因爲死前長期饑餓所致。在她們附近總有車輪的痕跡證明她們是被馬車運來拋屍的。

五樁犯罪如此相似，對它們的調查都只得出了一個資訊：婦女失蹤，整整八天後屍體被發現。這就是全部資訊，沒有由此追查出任何的結果。

捆綁用的繩子都是一樣的，車輪留下的痕跡也是一樣的，就連斧頭劈下的手法也都一樣，都是從前額上方劈入，垂直進入頭部中央。

動機呢？五名婦女身上的首飾、錢包和值錢的東西都不見了，但它們有可能只是被剛好路過的人順手拿走了，因爲屍體都躺在一些比較偏僻的地方。是否應該假定這是一樁復仇計畫，或者是想要殺掉一系列彼此相連的人，比如說，她們都是未來某樁遺產的受益人？這些也都不清楚。做出的各類假設當場就被事實否決了，跟蹤的線索也很快遭到放棄。

然而突然間出現了戲劇性的變化，一名馬路清潔工在人行道上發現了一個小本子，將它交到了附近的警署。

小本子裡面都是空白頁，除了其中的一張紙上列出了被殺害的幾名婦女。名單是按照時間順序記下來的，每個名字的後面都有三個數字。拉都，132；維妮塞，118，等等如此。

本來這幾行字不會引起任何重視，因爲隨便誰都能寫得出，大家都知道死亡名單，然而這個本子上的名單不是五個人，而是包括了六個人！是的，在格洛倫日，128，的下面寫著：威廉姆森，114。這是否代表巴黎正面臨著第六樁謀殺案呢？

這個顯然源自英國的名字縮小了調查範圍。事實上，調查很快就有了結果。兩周前，奧圖家的保姆愛貝特·威廉姆森辭職返回英國。儘管她的姐姐們收到信件說她即將到達，但卻再也沒有聽到她的消息。

新的調查開始了，郵局的一名員工在默東森林找到了屍體。威廉姆森小姐頭顱中央被斧頭劈開了。

當時公眾的反應就無需多言了，讀到這份無疑是兇手親手所寫的名單，他們都被深深地恐懼震動了。還有什麼比這樣的帳目更可怕呢，它就像一本出色的商人逐日所記的帳本。「某日，我殺了這個人……再某日，我殺了那個人……」帳目相加得出的結果就是六具屍體。

專家和筆跡研究人員毫不費力就得出了同樣的結果，一致宣佈它出自一名「受過教育的，有藝術品味和想像力、極爲敏感」的女性之手。這一結論出乎所有人的意料。這位被報紙稱爲斧頭夫人的兇手顯然不是尋常之人，成千上百的文章研究她的案子，剖析她的心理，沉迷在各種古怪的解釋中。

然而當中有一位作者，也是一名年輕記者，發現了一些超出眾人的東西。他帶來的真憑實據投下了穿越這些黑暗的唯一一束光。他在尋找名字右邊所寫數字的意義時想到了一點：這些數字是否只是簡單的代表了每樁犯罪的間隔時間。只要核實一下日期就可以弄明白這一點。很快他就發現自己的假設是合理而準確的。維妮塞小姐的綁架發生在拉都太太被綁之後的一百三十二天，而艾敏娜・克弗洛是在維妮塞小姐被綁架一百一十八天之後遭遇劫持的，等等如此。

於是警方只能毫不猶豫地記錄下這個完全與案情相符的解答：數字代表的正是犯罪間隔時間——斧頭夫人的帳目毫無缺陷。

這樣一來有一件事就值得注意了。最後一個受害人威廉姆森小姐是六月二十六日被綁的，而她的名字旁的數字是114，難道我們不該假定一百一十四天之後，也就是十月十八號將發生另外一樁綁架案？難道不該相信這可怕的事情將會按照殺人犯的意願重複？難道不應該由此推出所有這些數字所預示的可能案發日期？

的確，在十月十八號到來之前的這段日子裡，這場論戰還在繼續，人們還在討論。按邏輯推測那一天就是可惡的犯罪再一次發生的日子。就在這一天上午，當雷利納公爵和奧爾棠絲打電話約定晚上會面的時候，他們自然而然地提到了剛剛讀過的報紙。

「當心！」雷利納笑著說道：「如果您遇上了斧頭夫人，一定要另擇它路喔。」

「如果我被斧頭夫人綁了，該做些什麼呢？」奧爾棠絲問道。

「在您經過的路上撒上白色的小卵石，哪怕寒光閃閃的斧頭已經舉起，您也要不停地重複：『我沒什麼好怕的，他會來救我的。』那個他，自然是我了……讓我吻一下您的手。晚上見了，親愛的朋友。」

下午雷利納都在忙自己的事情。從四點到七點之間，他買了各式各樣的報紙，沒有一份提到綁架案的。

九點的時候，他去了之前訂好包廂的吉姆納茲劇院。

九點半的時候，奧爾棠絲還沒有來。雷利納給她家裡打了電話，不過他並沒有不安的感覺。女僕回話說夫人還沒有回來。

雷利納突然感到害怕，就衝到奧爾棠絲在蒙梭公園旁的臨時公寓去了。那名女僕是他安排給奧爾棠絲的，對他絕對忠誠。雷利納詢問了她一番。她說女主人下午兩點的時候拿著封貼了郵票的信出門了，說她要去下郵局，一會兒再回來換衣服，之後就沒了消息。

「那封信是給誰的？」

「給先生您的，我看到了信封上的名字：雷利納公爵。」

雷利納一直等到午夜，卻一無所獲，奧爾棠絲沒有回來。接著第二天，她依然沒有回來。

「半個字也別往外透露，」雷利納命令女僕道：「您就說女主人去鄉下了，您也會去和她會合。」

雷利納自己毫不懷疑，奧爾棠絲的失蹤正是因爲十月十八日這個日子。她成了斧頭夫人的第七名受害者。

「綁架距被害有八天的時間，」雷利納自言自語道：「因而從此刻算起我有整整七天的時間。就算六天吧，以防有意外發生。今天是禮拜六，下個禮拜五中午十二點之前，奧爾棠絲必須獲得自由，爲此我必須最晚在禮拜四晚上九點鐘之前就弄清楚她在哪兒。」

雷利納在一塊紙板上寫上了幾個大字「禮拜四晚九點」，用釘子將它釘在書房壁爐的頂部。奧爾棠絲失蹤第二日，即禮拜六中午十二點，雷利納將自己關進了書房。他事先已經命令僕人除了吃飯時間和送信之外，不得打擾他。

他在房內待了四天，幾乎沒動過。其間他很快讓人找來了所有談及前六樁犯罪細節的重要報紙，讀了一遍又一遍，最後拉上了百葉窗和窗簾，插上鎖，在黑暗中躺在長沙發上思考。

儘管他有極強的自控力，儘管他對自己擁有的資源有無限的信心，有時候他還是會因爲焦慮而戰慄。他能夠及時解決嗎？沒有理由可以證明在這短短幾天裡他可以辦到之前那段日子沒辦到的。萬一如此，年輕女子被害就將成爲不可避免的事實。

這個想法折磨著他。他對奧爾棠絲的感情很深，超過了他倆的表面關係讓他所認爲的那樣。最初的好奇和愛欲，想要保護這個年輕女子，讓她開心、讓她品味生活的這樣一種需要，變成了單純的愛。他們兩個都沒有明白這一點，因爲他們總是只在危機中相見，這種時候讓他們關心的是其他人的冒險而不是他們自己的。但是一旦危險降臨，雷利納就意識到了奧爾棠絲在他的生命中所占的位置。知道她被俘並飽受折磨而自己卻無力救她，這讓他感到絕望。

他度過了一個又一個不安且躁動的夜晚，他一遍又一遍地從各個角度去考慮案情。到了禮拜三的上午他依然痛苦著，且失了方寸。他放棄了對自己的隔離，打開窗戶在房間裡來來回回地踱步，一會兒走上街頭，一會兒又回到家中，彷彿是在逃避糾纏他的執念！

「奧爾棠絲在受苦……奧爾棠絲陷入了深淵……她看見了斧頭……她在叫我……她求著我……而我卻無能爲力……」

下午五點鐘的時候，他仔細看著六個人的名單，突然內心一震，彷彿預示著追尋的眞相浮現。他靈光一閃，當然這道光並未照亮一切，卻足以讓他明白自己該向哪個方向努力。

馬上他就有了行動計畫。他讓司機格雷芒給各大報紙送去了一個便條。這張便條的內容將在第二天以大字刊登出來。此外格雷芒還受命去了庫貝瓦的洗衣店，就是第二個受害人克弗洛小姐曾經受雇的那一家。

禮拜四，雷利納沒有採取行動。當天下午，好幾封被他的便條引來的信就送到了，接著還有兩封電報，但這些都不是他期待的。三點鐘的時候，他終於收到了一份敲著特洛卡帶羅郵戳的信，這封新來的小東西似乎讓他很滿意。他反反覆覆地研究上面的字跡，翻開自己蒐集的報紙，低聲總結道：「我覺得可以往這個方向去查。」

他找了《巴黎大全》①，記下了這個住址：**魯迪埃・瓦諾先生，前殖民地總督，克萊貝大街雙四十七號**，接著直奔自己的汽車而去。

「格雷芒，去克萊貝大街，雙四十七號。」

雷利納到了之後被帶進了一間很大的書房，裡面裝飾著漂亮的書架，架上都是珍貴的精裝古書。魯迪埃・瓦諾先生還很年輕，只是鬍子有些花白了。他態度和藹，又威望十足，笑容裡透著端莊，讓人不得不對他產生信任和好感。

「總督先生，」雷利納對他說道：「我來找您是因爲我從去年的報紙上獲知您認識斧頭夫人的一個受害人奧羅蓮娜・維妮塞。」

「我們跟她很熟！」魯迪埃先生叫道：「我的妻子就是一直雇她做裁縫的！可憐的姑娘！」

「總督先生，我有一位朋友剛剛失蹤了，情況就和另外六名失蹤的受害人一樣。」

「怎麼會！」魯迪埃先生驚跳起來說道：「我一直都密切關注報紙的，十月十八日沒有發生什麼事情啊。」

「發生了，我愛的一個年輕女子——丹妮爾夫人，十月十八日被綁架了。」

「今天已經是二十四號了……」

「是啊，犯罪後天就會發生了。」

「這是多麼的可怕啊！應當不惜一切代價阻止……」

「若是有您的幫助，我或許可以阻止它，總督先生。」

「但您不是已經報案了嗎？」

「沒有。我們面對的是最完美、最緊實的謎團，沒有一絲空隙，最敏銳的目光也看不穿它，普通的辦法，諸如對案發地的研究、調查、尋找指紋等等，是沒法揭開這個謎的。既然這些方法在之前的案子中都沒有發揮作用，第七例相似的案子再用也只是浪費時間。敵人表現出來的靈活和敏銳使得她不可能留下任何讓專業偵探一下子就能捕捉到的粗糙痕跡的。」

「那您做了些什麼？」

「在行動之前，我思考了整整四天。」

魯迪埃先生觀察著對方，略帶諷刺地說道：「您沉思的結果呢？」

「首先，」雷利納毫不局促地回答道：「我對所有這些案件進行了通盤考慮，這是到目前爲止別人都沒有做過的，我由此發現了其整體意義。既然人們無法在犯罪動機上達成一致，我就排除了各種干擾性的假設，將案件歸入某類特定罪犯。」

「這就是說？」

「瘋子那一類，總督先生。」

魯迪埃先生極爲詫異。

「瘋子？這是什麼想法啊！」

「總督先生，被稱為斧頭夫人的那名女子是個瘋子。」

「那她會被關起來呀！」

「我們怎麼知道她不是被關起來了呢？我們怎麼知道她不是屬於半瘋半正常的那種人，表面看起來無害，因此也不怎麼受到監視，可以沉迷於自己的怪癖中，發揮其兇殘的獸性？沒有什麼比這些人更會偽裝了，也沒有人比他們更陰險、更有耐心、更固執、更危險、更荒唐，更有邏輯、更無節制、更有條理了。總督先生，所有這些修飾語都可以用在斧頭夫人的傑作上。執念的糾纏和單一行為的重複，這正是瘋子的特徵。我現在還不知道到底是什麼念頭糾纏著斧頭夫人，但我知道這種念頭導致的行為總是一樣的。受害人被同樣的繩子捆綁住，度過同樣的天數之後被殺害，同樣的工具擊中同樣的部位，也就是額頭正中，傷口絕對垂直。一般的殺人犯總是會有變化。他的手會因為顫抖發生偏離和錯誤，但斧頭夫人根本就不會顫抖，似乎她採取了一些措施，使兇器的刀口不會偏離一條直線。我還有必要向您提供其他的證據，同您一起仔細檢查其他細節嗎？您現在已經了解這個謎了，您和我一樣，認為只有一個瘋子才能幹出這樣愚蠢、野蠻的事情，機械得就像敲響的鐘聲或是落下的鍘刀……」

魯迪埃先生點點頭。

「的確，的確，整件事情的確是可以從這個角度來看，我也開始認為應該要這樣看了。但是如果我們假定這個瘋子具有某種數學邏輯，我卻沒有發現受害人之間有任何關聯。她就那麼隨隨便便地發動攻擊，爲什麼攻擊的是這個人而不是另外一個呢？」

「啊！總督先生，」雷利納叫道：「您問的這個問題我從一開始就在考慮了，這個疑問概括了所有的問題，我費了好大的勁都沒能弄明白。爲什麼是奧爾棠絲・丹妮爾而不是其他人？兩百萬個女人中爲什麼偏偏是奧爾棠絲遇上了？爲什麼是那個叫做維妮塞的女孩？爲什麼是威廉姆森小姐？事情整體上如若是我想像的那樣，也就是以一個瘋子盲目而又奇怪的邏輯爲基礎，那就存在一個必然選擇。但這個選擇到底是什麼呢？引起斧頭夫人攻擊的特點，或者說是缺陷，或者說是必要標誌是什麼呢？簡而言之，如果她作出選擇——她不可能不作出選擇，那引導她選擇的到底是什麼呢？」

「您發現沒有？」雷利納停了一下又接著說道：「總督先生，我發現了，我本該一開始就發現的，因爲只要仔細看一下受害人名單就能做到。但是因爲只有努力思考而發熱的頭腦才能看出這些關於眞相的靈光，所以我看了名單不下二十遍都沒有發現這個小細節。」

「我不明白。」魯迪埃・瓦諾先生說道。

「總督先生，要注意到，如果好幾個人的名字出現在一樁事件、犯罪或是公共醜聞中，指稱他們的方式總是差不多的。在這個案子中，各家報紙對拉都夫人、阿爾丹小姐或者克弗洛小姐所用的都是她們的姓氏，相反，針對維妮塞小姐和威廉姆森小姐則同時用上了她們的名字——奧羅蓮娜和愛貝特。如果六個受害人都是連名帶姓一起列出的話，那謎團就不存在了。」

「爲什麼？」

「因爲這樣的話，一下子就可以發現這六個不幸的人之間的關聯，就像我突然間把奧羅蓮娜（Honorine）和愛貝特（Herbette）這兩個名字和奧爾棠絲（Hortense）的名字放在一起時所發現的那樣。這下您明白了吧？您現在就和我當時一樣，眼前有三個名字……」

魯迪埃・瓦諾先生似乎很慌張，他的面色有些蒼白，說道：「您說的是什麼意思？」

「我說，」雷利納一個字一個字的清晰地說道：「我是說您眼前有三個名字，它們都以同樣的字母開頭，相當巧合的是字母的個數也都一樣是八個，正如您可以核實的那樣。此外如果您去曾經雇傭克弗洛小姐的庫貝瓦洗衣店打聽一下，您就會知道她的名字叫做伊萊里（Hilairie），還是以同樣的字母開頭，字母個數也一樣。我想您沒必要再看其他人的名字了吧，我們已經確定了，不是嗎？所有受害人的名字都具有同樣的特點。這個觀測結果無疑給了我們問題的答案。那個瘋子的選擇就可以解釋了。我們知道了這些不幸的人彼此之間的相似性，不可能錯的。正是這點相似性而不是其他什麼問題。這種選擇充分證明了我的假設！瘋狂的證據！爲什麼殺的是這些女人而不是其他的呢？因爲她們的名字都是以字母H開頭，而且都包含八個字母！您聽到我說的話了嗎，總督先生？字母的個數是八個，開頭的字母是字母表中第八個，而『八』這個詞是以H開頭的②，所有一切都和字母H有關。而且，犯罪使用的工具是一把斧頭③，您現在不會是要再說這位斧頭夫人不是個瘋子了吧？」

雷利納打住話頭走近魯迪埃・瓦諾先生。

「您怎麼了，總督先生？您似乎很痛苦？」

「不是的，沒有，」魯迪埃先生滿頭大汗地說道：「沒有……這個故事太讓人心慌了！您想想，我還認識其中一名受害人……所以……」

雷利納去一邊的小圓桌上找了個水瓶，拿了個杯子倒滿水遞給魯迪埃先生。他喝了幾口，抬起頭用儘量平靜的聲音說道：「好，我們接受您的假設，不過這種假設應當推導出些實實在在的結果。您做了什麼呢？」

「今天早上我在所有的報紙上發了一條消息：『**出色的廚娘求職。晚五點前給艾米妮寫信，奧斯曼大街……**』。您是明白的，對吧，總督先生？以字母H開頭八個字母構成的名字是相當少的，它們都有些過時了。艾米妮、伊萊里、愛貝特……但是這些名字，因爲一些我不知道的原因，對那個瘋子不可或缺。她不會忽視它們的。爲了找到使用這些名字的女性，她調動了自己殘存的所有理智、辨別力、思考能力和智慧。她一直在尋找，在詢問，在守候著。她會讀那些自己根本就看不明白的報紙，眼睛卻盯住特定的細節，特定的大寫字母。因此，我毫不懷疑艾米妮這個大寫的名字會吸引她的目光，從今天起她就會落入我所發的消息的陷阱……」

「她寫信了？」魯迪埃先生焦慮地問道。

「好幾位太太都打算雇傭這個所謂叫做艾米妮的女子，」雷利納繼續說道：「不過她們的信都很常規，但是我收到了一封氣壓傳送信④，似乎有些意思。」

「是誰寫的？」

「您讀一下吧，總督先生。」

魯迪埃先生一把從雷利納手上奪過那張紙，掃了一眼簽名。他先是很驚訝，仿佛原本預料的是另外一回事兒，接著就大笑起來，笑聲中充滿了喜悅和解脫。

「您爲什麼發笑呢，總督先生？您看上去很高興的樣子。」

「高興？不是的。這封信的簽名是我妻子的。」

「您本來在害怕些其他什麼事呢？」

「哦！沒有，但是既然是我的妻子……」

他沒說完，話鋒一轉又對雷利納道：「不好意思，先生，您對我說收到了好幾封回信。爲什麼在所有這些回信中您恰恰認爲這一封會給您提供某些線索呢？」

「因爲它的簽名是魯迪埃・瓦諾太太，而且魯迪埃・瓦諾太太曾經雇傭過一名受害人奧羅蓮娜・維妮塞做裁縫。」

「誰告訴您的？」

「當時的報紙。」

「那您的選擇就沒有其他原因了嗎？」

「沒有了。但自打我來到這兒，我就覺得自己沒有弄錯方向。」

「爲什麼會有這種印象？」

「我也不太明白……某些跡象……某些細節……我可以見一下魯迪埃．瓦諾太太嗎，先生？」

「我帶您去，先生，」魯迪埃先生說道：「跟我來吧。」

他帶著雷利納穿過走廊來到一間小客廳裡，一位臉蛋漂亮的金髮太太神情愉悅而溫和，正坐在三個孩子中間，看著他們學習。

她站起身，魯迪埃先生簡要地做了下介紹，對妻子說道：「蘇珊娜，這封信是你發的嗎？」

「給住在奧斯曼大街的艾米妮小姐的？」她說道，「是啊，是我發的。你也知道，我們的女傭走了，我正忙著另找一個呢。」

雷利納打斷了她的話：「不好意思，太太，我想請問您一句話，艾米妮小姐的地址您是從哪兒得來的？」

她臉紅了，不過她的丈夫卻堅持道：「回答他，蘇珊娜。誰給你的地址？」

「有人給我打了電話。」

「是誰？」

她稍稍猶豫了一下說道：「是你的老奶媽……」

「費莉西維？……」

「是的。」

魯迪埃先生突然截斷了對話，不許雷利納再問其他問題就直接把他帶回了自己的書房。

他努力想要笑著補充道：「您看到了，先生，這封信的來源很正常。費莉西維是我的老奶媽。我給她提供養老金，她就住在巴黎附近。她讀到了您的消息，告訴了魯迪埃太太。不管怎麼樣，我想您不會懷疑我妻子是斧頭夫人吧？」

「不會。」

「那麼，這件事就結束了，至少是我這邊，我做了我能做的，我聽了您的推理，眞的很遺憾幫不上您的忙……」

他急於打發走這個冒失的訪客，向他指了指門口，不過他好像覺得有些眩暈，又喝了一杯水，坐了下來，他的臉變了樣。

雷利納看了他幾秒鐘，就像看著一個已經支撐不住的對手，只需給出最後一擊。他在他旁邊坐下，突然抓住他的手臂。

「總督先生，如果您不開口的話，奧爾棠絲・丹妮爾就會成爲第七個受害人。」

「我沒什麼好說的，先生！您想要我知道些什麼？」

「眞相，我的解釋讓您知道了眞相。您的悲傷，您的恐懼，對我而言都是確鑿的證據。我是把您當成合作者才來的，但意外的發現了您這個嚮導，請您別浪費時間了。」

「但是，先生，如果我知道的話，我幹嘛不說呢？」

「您害怕醜聞，我有一種強烈的直覺，您的生活裡有一些您不得不隱藏起來的東西。突然出現在您面前的眞相，如果被人知道了的話，對您而言，將是侮辱和羞恥……所以您在原本該盡的義務面前退縮了。」

魯迪埃先生沒有再回答，雷利納彎下腰，直視著他的眼睛輕聲說道：「不會有醜聞的，我會是這個世上唯一知道發生了什麼事的人。我和您一樣，引起旁人的注意對我倆都沒有好處，因爲我愛奧爾棠絲・丹妮爾，我不想要她的名字牽扯進這樁可怕的案子裡。」

他們面對面待了有一兩分鐘。雷利納臉上的神情非常堅定。魯迪埃先生感覺到，如果自己不把該說的話說出來，雷利納是不會退讓的，可他又不能說。

「您弄錯了……您看到的並非如您所想的那樣。」

雷利納突然有了一種可怕的想法，如果這個人一直愚蠢地沈默下去，奧爾棠絲・丹妮爾就完了。想到謎底就在唾手可得的地方，他憤怒了，掐住魯迪埃先生的脖子將他掀翻在地。

「夠了，這些謊話！這是性命攸關的事！說啊，馬上說出來，否則……」

魯迪埃先生已是筋疲力盡，無力反抗。他並不是害怕雷利納的襲擊而對他的暴力行爲做出退讓，而是被他那破除一切障礙的強烈意志壓倒了，他結結巴巴地說道：「您有道理。我有義務把一切說出來，不論將會發生什麼。」

「我發誓，只要您救出奧爾棠絲·丹妮爾，什麼都不會發生的。再猶豫一秒鐘可能一切就完了。說吧，別講細節了，挑重要的說。」

於是魯迪埃先生雙肘支在桌上，手托著額頭，盡可能簡短地吐露道：「現在的魯迪埃太太不是我的妻子，那個唯一有權冠我的姓氏的女人，在我還是殖民地一個小公務員的時候就和她結婚了。這是一個很奇怪的女人，不是太聰明，有時會按自己的怪癖和衝動做事。我們有兩個孩子，是一對雙胞胎。她很愛他們，本來她可能會在他們身上找到平衡和心理的健康，就在那時愚蠢的事情發生了——一輛開過的汽車，在她的眼皮底下碾死了兩個孩子。這個不幸的人就瘋了。就像您提到的那樣，那是一種沈默的、並不引人注意的瘋病。過了一段時間，我要去阿爾及利亞的一個城市任職，就把她帶到法國，託付給一個把我養大的善良婦人。兩年後，我認識了給我的生命帶來快樂的女人，您剛剛見過她了，她就是我那三個孩子的母親，現在也被當作是我的妻子，我怎麼能犧牲她？我們的生活是否即將陷入可怕的境地？我們的名字是否會和這樁瘋狂而血腥的案件連在一起？」

雷利納想了想說道：「那個女人叫什麼名字？」

「埃爾芒斯（Hermance）。」

「埃爾芒斯，同樣的起始字母，同樣的八個字母……」

「剛剛就是這個讓我明白的，」魯迪埃先生說道：「當您把幾個名字放在一起的時候，我馬上就想到了這個不幸的女人叫做埃爾芒斯，想到她瘋了，所有的證據都映入了我的腦海。」

「我們明白了受害人的選擇問題，但怎麼解釋這些謀殺呢？她的瘋狂到底是怎麼回事兒？她是不是很痛苦？」

「她現在並不是很痛苦，但她經歷過最可怕的痛苦：自從兩個孩子在她眼前被碾死之後，這幅可怕的死亡畫面就一直停留在她眼前，不分晝夜，沒有一秒鐘消失過，使得她一秒鐘都無法入睡。您想想這種長期的折磨！不管是無盡的白晝還是漫漫的黑夜，一直看著自己的孩子死去！」

雷利納提出了異議：「但她不會是爲了驅走這幅畫面才殺人吧？」

「是的，可能吧……」魯迪埃先生沉思著說道：「她想通過入睡來驅走它。」

「我不明白。」

「您不明白是因爲她是個瘋子，她那精神錯亂的腦子裡發生的一切肯定都是沒有條理不正常的。」

「當然，但是不管怎樣，您的假設有沒有事實根據呢？」

「有的，那是一些可以說是我沒有注意到的事情，直到今天才顯出了它們的意義。第一樁事情的發生已經有好幾年。有天早晨，我的老奶媽第一次發現埃爾芒斯竟然安穩的睡著了，不過她僵直的雙手抱著一隻已經被她勒死的狗。自那以後，同樣的場景又發生了三次。」

「她一直都能因爲這樣而睡著？」

「是的，她一直都能這樣睡著，而且每次都能睡上好幾個晚上。」

「所以您就由此得出結論？」

「我由此得出結論，謀殺引起的精神上的放鬆讓她筋疲力盡，使得她能夠入睡。」

雷利納戰慄了一下。

「是了！毫無疑問！謀殺，謀殺耗費的精力讓她睡著了。在動物身上成功之後，她又開始對女性實施了。她的瘋狂都歸結爲一點，她殺了那些女人就是爲了佔有她們的睡眠！她缺少睡眠，就去搶別人的！不就是這樣嗎？兩年來，她一直都能睡著？」

「兩年來，她一直都能睡著。」魯迪埃先生結結巴巴地說道。

雷利納抓緊了他的肩膀。

「您就沒想到她的瘋狂可能會拓展，沒有什麼能阻止她去獲得睡眠？我們要快點，先生，這太恐怖了！」

兩個人向門口走去。就在魯迪埃先生還猶豫的時候，電話鈴響了。

「是那邊來的。」他說道。

「那邊？」

「是的，每天這個時候，我的老奶媽都會給我一些消息。」

他拿起聽筒，遞了一個分機聽筒給雷利納，雷利納就在一邊輕聲告訴他該問些什麼問題。

「是你嗎，費莉西維？她怎麼樣了？」

「不錯，先生。」

「她睡得好嗎？」

「這幾天沒之前好了。她昨天晚上都沒合眼，所以有些無精打采的。」

「她現在在做什麼呢？」

「她待在自己的房間裡。」

「費莉西維，你過去看著她，別離開她。」

「不可能，她把自己鎖在裡面了。」

「一定要這樣做，費莉西維，把門踹開，我馬上就到。喂……喂……啊！該死的，電話掉線了！」

兩人一句話沒說，跑出門衝到大街上。雷利納一把將魯迪埃先生推進了汽車裡。

「地址？」

「維拉達弗雷。」

「該死！就是她活動的中心區……就像網中央的蜘蛛。啊！眞可怕！」

他被震驚了。整個冒險過程最終顯出了其可怕的眞實面貌。

「是的，她殺害她們就是爲了奪得她們的睡眠，就像她從前對動物所做的那樣。還是那個糾結不休的念頭，只是因爲一系列無法理解的做法和執著的行爲更加複雜化了。顯然她覺得和自己的名字相似是一個必不可少的條件，只有當受害人是某個叫做奧爾棠絲或者奧羅蓮娜的人時她才能得到休息。這是個瘋子的推理，我們不知道其中的邏輯，也不明白其起源，但她卻無法擺脫。她必須去尋找合適的人，找到之後就把獵物帶回來，幾天內一直監視著她，觀察她，直到將斧頭劈入她的頭顱正中，從而吸收讓她沉醉的睡眠使自己在一段時期內遺忘那一幕。這是多麼的荒唐和瘋狂呀！她爲什麼把這段時期設在固定的天數內呢？爲什麼某個受害人能確保她一百二十天的睡眠，而另一個受害人卻是一百二十五天呢！荒唐！這種神秘的計算無疑是愚蠢的！每過一百二十天或者一百二十五天就有新的受害人被犧牲掉；已經有了六個了，第七個也快輪到了。啊！先生，您負有怎樣的責任啊！這樣一個魔鬼！不應當不被看管著的！」

魯迪埃先生沒有發出任何抗議，他的痛苦、他蒼白的面色和他顫抖的雙手，這一切都證明了他的內疚和絕望。

「她騙了我……」他喃喃地說道：「她表面上是如此的平靜，如此的溫順！而且她還住在精神病院裡。」

「那怎麼可能？」

「這家精神病院，」魯迪埃先生解釋道：「是由分散在一個大花園裡的幾棟小樓構成的。埃爾芒斯住得很旁邊，先是費莉西維住的屋子，接著是埃爾芒斯的房間，兩間屋子都是獨立的，後面一間的窗戶就對著鄉村，我覺得她應該是把受害人關在那兒了。」

「那棄屍的車子呢？」

「精神病院的馬廄就在那棟樓附近，裡面有一匹馬和一輛車，是採購東西時用的，埃爾芒斯可能是晚上起來套上車，再從窗戶出去棄屍的。」

「那看管她的那個奶媽呢？」

「費莉西維歲數太大了，耳朵有些聾。」

「但白天的時候，她也該看見女主人來來去去的活動啊，難道我們不應該認爲她倆是同謀嗎？」

「啊！絕不會的。費莉西維也被埃爾芒斯的僞善給騙了。」

「可是，是她給魯迪埃太太打電話告訴她那個消息的……」

「很正常，埃爾芒斯不時的會說話，會思考，會潛心閱讀那些她根本就看不懂的報紙，就像您所說的那樣，但是她會看得很仔細。她可能看到了這個消息，又聽說我在找女傭，就請求費莉西維打電話了……」

「是的，是的，我猜也是這樣，」雷利納慢慢地說道：「她要給自己準備些受害人。她知道，奧爾棠絲死後，一旦由此獲得的睡眠數量耗盡，她就知道去哪兒找第八個受害人了，但是她是怎麼把這些不幸的女人吸引過來的呢？她是用什麼方法吸引了奧爾棠絲·丹妮爾的呢？」

汽車飛馳著，但雷利納還是覺得開得不夠快，就斥責起司機來了。

「快點，格雷芒……我們都在倒退了，夥計。」

突然間，害怕自己到得太晚的想法開始折磨他。瘋子的邏輯取決於他們的心情，取決於他們頭腦中某種危險而又可笑的想法。那個瘋女人可能會把日期弄錯，將結局提前，就像一台出了故障的掛鐘可能會提早一個小時就響了。

另一方面，她的睡眠又重新受到了干擾，她是否會等不到既定的時刻就試圖提前行動呢？她會不會是爲了這個原因才把自己關在房裡呢？我的天啊，那個被俘的人是怎樣在死亡邊緣掙扎呀？劊子手的任何動作該給她帶來多大的恐懼呀！

「再快些，格雷芒，不然我自己來開了！再快些，該死的！」

他們終於到了維拉達弗雷，前面右手邊是一條極陡的坡道，圍牆中間間隔著長長的柵欄。

「我們繞過去，格雷芒。不能打草驚蛇，不是嗎，總督先生？那棟樓在哪兒？」

「就在對面，」魯迪埃先生說道。

他們在遠一些的地方下了車。

雷利納沿著一條凹陷失修的路邊的路堤跑過去，差不多已經是夜裡了。魯迪埃先生指道：「這兒，這棟隱蔽的房子就是了。您瞧，底樓的窗戶，這就是兩間單獨的屋子中的一間，她顯然就是從這兒出去的。」

「但是，」雷利納說道：「這兒好像有圍欄擋著呀。」

「是的，是有圍欄擋著，這就是爲什麼沒人會起疑心，但她一定是在這兒弄開了一個通道。」

屋子底層是建在一些很高的山洞之上的，雷利納很快地爬上去，站到了石頭的窗台上。的確少了一根圍欄。

雷利納把頭伸向窗玻璃，朝裡面看進去。

屋子裡面很暗，但他可以辨別出最裡面有一個女人正坐在另一個躺在墊子上的女人身邊。坐著的那個女人用手托住額頭，觀察著躺著的那一個。

「是她，」魯迪埃先生也爬上了牆，輕聲地說道：「另一個被捆著。」

雷利納從口袋裡掏出一顆切割玻璃的鑽石，劃開了一塊窗玻璃。他發出的聲音並沒有引起那個瘋女人的注意。

接著他將右手一直伸到窗上的長插銷那兒，輕輕地旋轉，左手則握住手槍瞄準。

「您別開槍！」魯迪埃先生請求道。

「如果需要，我會開槍的。」

窗戶被輕輕地推開了，但出現了一個雷利納沒注意到的障礙。有把椅子被推倒了。

他一下子跳進屋內，扔掉武器想抓住那個瘋女人，但她動作很快，打開門逃走了，還發出一聲刺耳的叫聲。

魯迪埃想去追她。

「那有什麼用？」雷利納跪下來說道。「先救人要緊。」

雷利納很快就放心了，奧爾棠絲還活著。

他先割斷繩子，除掉了捂著她的封口布條，老奶媽聽到動靜，提了盞燈跑過來，雷利納一把奪過來照了照奧爾棠絲的臉。

他驚呆了，奧爾棠絲面色蒼白，虛弱不堪，眼睛因為發熱而閃閃發亮，但她卻試圖微笑。

「我在等你，」她輕聲說道：「我一分鐘都沒有絕望過，我相信你……」

她昏了過去。

他們在小樓周圍搜尋未果。一個小時之後，那個瘋女人被發現吊死在穀倉的壁櫥上。

奧爾棠絲一分鐘都不想再待在這兒。再者，老奶媽宣佈瘋女人自殺的消息的時候，屋裡沒有其他人會更好一點。雷利納詳細地向費莉西維解釋了一番該如何應對，就在司機和魯迪埃先生的幫助下把奧爾棠絲抱上了汽車，將她送回家。

奧爾棠絲很快就恢復了，第三天，雷利納很小心地詢問奧爾棠絲是怎樣認識那個瘋子的。

「很簡單，」她說道：「我以前跟你說過，我丈夫的腦子不是很正常，他就在維拉達弗雷接受照料。我有時候會去看他，但沒人知道這件事，這樣我就和這個不幸的瘋女人說了話。前幾天她要我去看她。當時只有我們兩人，我走進樓內，她就朝我撲過來，制服了我，我甚至都沒能求救。我以為這只是個玩笑。事實上，難道不是嗎？這是個精神病人開的玩笑，她對我很溫柔……不過她讓我餓得要死。」

「妳當時就不害怕？」

「害怕被餓死？不，她會不時的給我吃的東西，再說我是那麼的相信你！」

「是的，但是還有其他問題，其他的威脅……」

「威脅，什麼威脅？」她天眞地問道。

雷利納顫抖了一下，他突然間明白了。這乍看很奇怪的一件事，但其實是很自然的，奧爾棠絲當時沒有絲毫懷疑，直到現在也沒有察覺到自己所面臨的可怕危險。這是因爲她從來沒有把斧頭夫人的犯罪和自己的經歷連繫在一起。

雷利納覺得讓她明白這一點也不急於一時，再者因爲醫生建議她稍作休息，清靜一段時間，幾天以後奧爾棠絲就到法國中部巴斯古村莊附近的一個親戚家休養去了。

註解：

①《巴黎大全》：上面記載著巴黎知名人物住址及電話的簿子。

②法語中八的發音為huit。

③法語中斧頭（hache）一詞的發音和字母H的發音是一樣的。

④以前在法國某些城市裡通過特定壓縮空氣管在郵局和郵局之間傳遞的一種信件。

chapter 7

雪痕

巴黎歐斯曼大道雷利納公爵收

我親愛的朋友：

你一定會覺得我相當的忘恩負義。我來到這兒已經三個禮拜了，卻沒有給你寫過一封信！甚至沒有感謝過你！不過我終於明白你把我從多麼可怕的死亡危機中拯救了出來，也明白了我碰到的那個經歷的駭人秘密！不過你想要怎麼辦呢？我經歷了這一切是那樣的痛苦！我極需要休息，需要一個人靜一靜！繼續待在巴黎和你進行我們的冒險？不，絕對不行！這些冒險的經歷已經夠多了！其中最近的那幾樁雖然特別有趣，但是自己成了受害人還差點死掉的那次……啊！親愛的朋友，那是多麼的恐怖呀！我怎麼能忘得掉呢？

而在拉洪斯埃這裡，一切都相當的寧靜，我的老表姊安托瓦內特·艾姆琳很疼愛我，把我當個病人似的精心照料，我逐漸恢復了，這樣下去一切都很好，因爲如此，我也打算不再對其他人的事情感興趣，因此我也沒有什麼值得一提的事情，不過你可以聽一下……（我對你講這個是因爲你積習難改，總是像修道院看門的老太婆一樣好奇，總是想多管閒事）。我昨天參加了一個很奇怪的聚會，艾姆琳表姊帶我去了巴斯古小酒館，我們在大廳裡和一些農民喝茶——昨天是趕集的日子。突然來了三個人，兩男一女，打斷了我們的交談。

其中一個男人是個胖胖的農場主人，穿著件長襯衫，面色紅潤，顯得很快活，留著白色的連鬢鬍子。另一個男人要年輕些，穿著羅紋絲絨的衣服，面色枯黃，看上去就是個不好惹的傢伙。他們中間是一位苗條的年輕女子，個子不高，裹著褐色的斗篷，戴著頂直筒皮帽，有些瘦削的臉龐顯得極爲蒼白，她身上透出的優雅和嬌弱讓人吃了一驚。

「那是父親、兒子和媳婦三人，」艾姆琳表姐輕聲說道。

「怎麼會？這個迷人的女人是那個鄉巴佬的妻子？」

「也是高爾納男爵的媳婦。」

「那個老傢伙是個男爵？」

「他是從前住在城堡裡的一戶貴族人家的後代，不過他一直都像農民一樣生活……喜歡打獵、喝酒、找碴，總和人打官司，現在已接近破產了。他兒子馬蒂耶斯則更有野心些，學了法律，不想守著一畝三分地，去了美洲，後來又因爲沒錢回到村子裡來了，愛上了附近城裡的一個年輕姑娘。我們也不太清楚這個不幸的姑娘怎麼就同意了這樁婚事……五年了，她就像個隱者，或者更確切地說，像個囚犯一樣在附近的小莊園裡過日子，就是深井莊園。」

「和父子倆一起？」我問道。

「不是的，父親住在村子另外一頭，一個偏僻的農場裡。」

「那馬蒂耶斯是個嫉妒心很強的人？」

「可不是嘛。」

「沒什麼原因嗎？」

「沒什麼原因，如果說是因爲最近幾個月來總有一位英俊的騎士在莊園附近晃蕩，這也不是娜塔莉·德·高爾納的錯。這個女人再老實不過了，不過高爾納父子還是很生氣。」

「怎麼？父親也這樣？」

「那個英俊的騎士正是從前買下那座城堡的人的後代，我認識耶羅姆·維格納爾，這是個既漂亮又有錢的男孩，我很喜歡他。他曾發誓要擄走娜塔莉·德·高爾納——這是老高爾納酒後說的。再來，妳聽……」

老高爾納正站在一群人中間，大家讓他喝酒，問他各種問題，以此作樂。他已有了些醉意，語調裡帶著憤怒，面上卻是嘲笑的表情，兩者結合之下頗具喜劇效果。

「他這是打錯算盤了，我跟你們說，那個小白臉！他在我們那兒轉來轉去，垂涎那小東西，這都是白搭……那是我們的地盤。他要是走得太近，我們就給他一槍，是吧，馬蒂耶斯？」

他一把抓住媳婦的手。

「再說，小東西也是知道自衛的。」他冷笑道：「哼！娜塔莉，那些登徒子，你可不想要吧？」

年輕女子被他的質問弄得不知所措，紅了臉。他丈夫咕噥道：「您最好說話注意些，我的父親，有的事情可不能大聲說。」

「關乎榮譽的事情就應該當眾解決。」老高爾納反駁道：「對我而言，高爾納家的名譽比什麼都重要，不是這個帶了巴黎人的神氣嘴臉，會向女人獻殷勤的東西……」

他突然打住了，他對面的人剛剛進來，似乎正等著他把話說完。這是個結實的高個子男人，穿著騎馬裝，手執馬鞭。他神色剛毅，有些嚴肅，不過那雙漂亮的眼睛裡透出諷刺的笑意，讓他的面容顯得生動起來。

「耶羅姆．維格納爾。」我的表姐輕輕地說道。

年輕人似乎一點都不尷尬。他瞧見了娜塔莉，彎腰向她致意。馬蒂耶斯．德．高爾納上前一步。耶羅姆盯住他，那神情彷彿在說：「好呀，接下來呢？」

他的態度很傲慢，高爾納父子解下步槍，雙手握住，彷彿蹲守的獵人一般。兒子的目光中透著兇狠。

耶羅姆在威脅面前不爲所動，過了幾秒鐘，他對酒館老闆說道：「嗯，我本來是要來找瓦瑟爾老爹的，不過他的鋪子關門了。您應該很樂意把我這個脫線的手槍套給他，是吧？」他把手槍套遞給老闆，笑著補充道：「我要把手槍留著以備不時之需，誰知道呢？」接著他依然目無表情的在銀質煙盒裡挑了根香煙，用打火機點著，走了出去。大家透過窗戶，看見他跳上馬背疾馳而去。

「該死的！」老高爾納罵道，灌下了一杯科涅克白蘭地。

兒子用手堵住他的嘴，強迫他坐下，娜塔莉・德・高爾納在他們旁邊哭泣著……

喏，這就是我的故事，親愛的朋友，正如你所看到的，它並不讓人激動，也不值得你的關注。不過我還是特別強調一下，這當中沒有任何的神秘之處，也沒有你的用武之地——以免你以此爲藉口不合時宜地來插上一手。不過這個不幸的女人似乎眞的在受苦，如果她能得到保護的話，我當然會很高興……不過我還是再跟你重複一遍，這事還是讓他們自己解決吧，我們的那些冒險經歷可以到此爲止了……

奧爾棠絲

十一月十四日

雷利納看完之後又讀了一遍，總結道：「一切再好不過了。有人不願意再繼續了，因爲我們已經到了第七次冒險，那人害怕著有特殊意義的第八次，按照我們的約定就是這樣。她不想，其實是非常想，只是表面看起來不想罷了。」

他搓了搓手，這封信表明了他在潛移默化中對那位年輕女子產生的影響，這可是很珍貴的。那是一種很複雜的感情，有欽佩、有無窮的信任、有時候也有焦慮、有害怕，甚至近乎恐懼，但也有愛，他確信這一點。她曾與他一起，帶著同志般的情誼參與到幾次冒險中，那時他們之間毫無拘束。現在她突然怕了，一種不失風情的靦腆促使她逃避。

當天晚上，也就是禮拜天的晚上，雷利納坐上了火車。

他在小城蓬皮涅下了火車，這裡距巴斯古村還有兩里路。他搭乘公共馬車走過了這段白雪覆蓋的路。這時已經是清晨了，他知道自己此來還是會發揮些作用的：前天夜裡，人們在深井莊園方向聽到了三聲槍響。

他想著：「掌握愛情和命運的神靈也在助我一臂之力，倘若是丈夫和情人之間出了岔子，我來得正是時候。」

「三聲槍響，隊長，我確確實實聽見了，」一個農民斷言道。他正在小酒館裡接受員警的詢問，雷利納剛好走了進去。

「我也是，」酒館的夥計說道：「三聲槍響……可能是午夜的時候。雪是從九點鐘開始下的，那時雪已經停了，那槍聲就在原野上發出了迴響……砰！砰！砰！」

其他五個農民也作了證，隊長和他的人什麼也沒聽到，因爲員警隊所在的地方背對著平原。這時突然來了個農場的雇工和一個女人，他們自稱是給馬蒂耶斯・德・高爾納幹活的。因爲禮拜天休假的緣故，他們兩天前就請了假，可是當他們回到莊園的時候卻進不去了。

「圍牆上的門關了，員警先生。」他們中的一個說道：「這可是頭一回，以往每天早上六點鐘，馬蒂耶斯都會自己來開門的，但現在都已經八點多了。我叫門也沒人應聲，所以我們就過來這找您了。」

「你們不是可以去老高爾納先生那兒詢問一下嗎？」隊長對他們說道：「他就住在路邊。」

「當然了，是的，不過我們沒想到。」

「那我們去吧。」隊長決定說。

於是有兩個員警和他一起走了，還有那些農民和被叫來的一個鎖匠，雷利納也加入了他們的隊伍。

很快人們來到了村子盡頭老高爾納的院子前面，雷利納靠著奧爾棠絲的描述認出了這個傢伙。

他正忙著套上馬車，聽說這件事之後哈哈大笑道：「三聲槍響？砰！砰！砰？但是，我親愛的隊長，馬蒂耶斯的槍只有兩發子彈。」

「那門怎麼關著呢？」

「因爲我兒子正在睡覺，就是這樣。昨天晚上，他過來和我喝掉了整整一瓶酒，也有可能是兩瓶，甚至可能是三瓶，今天早上他就和娜塔莉一起睡個懶覺囉。」

他爬上那輛頂篷打著補丁的舊馬車，甩了下鞭子。

「大家再見，你們的三聲槍響可阻止不了我禮拜一去蓬皮涅集市，我車篷下面還有兩頭小牛等著被宰呢，祝大家愉快。」

他就這樣上路了。

雷利納走近隊長，告訴了他自己的名字。

「我是拉洪斯埃村艾姆琳小姐的朋友。不過現在去見她還太早了，我想請您允許我和你們一起在莊園周圍轉一圈。艾姆琳小姐和高爾納夫人有些交情，我會很高興能夠讓她安心，因爲我希望莊園裡沒發生什麼事，不是嗎？」

「如果有事情發生的話，」隊長回答說：「我們很容易就會發現的，因爲路上有積雪。」

隊長是個讓人很有好感的年輕人，看起來既聰明又機靈。他從一開始就很敏銳地注意到馬蒂耶斯前一天晚上回家時在雪地上留下的腳印。這些腳印很快就和農場雇工和女傭的腳印混在了一起。

他們一行人來到一塊封地的圍牆前，鎖匠很輕鬆的打開了門。

潔白的雪地上只有馬蒂耶斯留下的痕跡。很容易就可以看到他和他父親喝了不少酒，那些連著的腳印中出現了一些急轉彎，向道旁的樹歪過去。

兩百米開外是深井莊園那些裂了縫的破舊建築，大門敞開著。

「我們進去吧。」隊長說道。

剛邁過門檻，他就喃喃地說道：「哦！哦！老高爾納不來是錯的，有人曾經在這裡打過架。」

大廳裡一片淩亂，兩張椅子被摔壞了，桌子也被掀翻了，地上還有瓷器和玻璃的碎屑，這些都表明了戰鬥的激烈程度。一口巨大的掛鐘躺在地上，指向十一點半。

在農場女傭的帶領下，大夥兒很快上了二樓。馬蒂耶斯和他的妻子都不在，但他們的房門被撞開了，撞門用的錘子就在床上。

雷利納和隊長又下了樓，大廳由一條走廊和後面的廚房相連，廚房有一個出口直接通向外邊的果園，通向果園的這段路上有一口井。

而從廚房門口到井邊的這段路上，還不厚的積雪被不規則地掃過了，像是有人在雪上被拖過的痕跡。井邊有混亂的腳印，顯示那場爭鬥在井邊又重新展開了。隊長找到了馬蒂耶斯留下的印記，另外還有其他一些更優雅更纖細的痕跡。

這些痕跡筆直地通向果園，而且一路只有這些痕跡。三十公尺外，在這些痕跡旁還發現了一把勃朗寧手槍，有一個農民認出這把槍和前天晚上耶羅姆・維格納爾在酒館拿出來的那把很像。

隊長檢查了彈夾，七顆子彈中的三顆被用掉了。

如此一來案件的輪廓一點一點出來了，隊長命令眾人不要靠近，以便保護現場。接著他又回到井邊彎下腰，問了那個女傭幾個問題，然後走近雷利納身邊輕聲說道：「在我看來這整件事很清楚了。」

雷利納拉住了他的手臂。

「我們別拐彎抹角了，隊長，我是艾姆琳小姐的朋友，而艾姆琳又是耶羅姆‧維格納爾的朋友，並且她還認識高爾納太太，我很清楚那些事。您是否猜測這些跟耶羅姆有關？」

「我不想猜測什麼，我只是觀察到昨晚有人來了這……」

「從哪來的？唯一一個走進莊園的人的足跡是高爾納先生留下的。」

「這是因爲另一個人是下雪之前，也就是說九點鐘之前就來了，足跡顯示他穿的是一雙高幫皮鞋。」

「這麼說他可能是藏在客廳的某一個角落等著高爾納先生回來，而高爾納先生是在下雪之後才回來的？」

「正是如此，馬蒂耶斯一進門，那傢伙就向他撲過去。他們之間發生了打鬥。馬蒂耶斯從廚房逃走了，那個人一直追到井邊，開了三槍。」

「屍體呢？」

「在井裡。」

雷利納提出抗議了：「哦！哦！好像您是在這裡親眼所見似的！」

「當然了，先生。地上的雪向我們講述了這個故事，雪上的痕跡已經表明得很清楚了，在那場打鬥和三聲槍響之後，留下的那個人離開了農場——只有一個人，而足跡並不是馬蒂耶斯的，那他還能去哪裡呢？」

「但是……這口井……不能下去找找嗎？」

「不行，這口井深不見底。它在這一帶都很出名，這也是這個莊園的名字：『深井莊園』的由來。」

「那您眞的認爲……？」

「我重複一遍，下雪之後只來過一個人——馬蒂耶斯；也只有一個人離開——無名氏。」

「那高爾納太太呢？她也被殺了，和他的丈夫一樣被丟下了井？」

「不，她被劫走了。」

「劫走了？」

「您還記得她的房門被錘子撞開了嗎？」

「您瞧，您瞧，隊長，只有一個人離開了——也就是那個無名氏，這可是您剛剛自己說的。」

「您彎腰仔細看看這個男人的足跡，看看它們陷入雪中有多深，幾乎已經壓到地面了。可以想到留下這些足跡的男人身上一定背負了重物。所以是無名氏把高爾納太太扛走離開了。」

「那從這個方向出去有出口嗎？」

「有的，那邊有一個小門，馬蒂耶斯拿著它的鑰匙從不離身，鑰匙一定是被人拿走了。」

「這個出口通向野外嗎？」

「是的，這條路走出去一點二公里就會連到省道，您知道兩條路在哪兒交會嗎？」

「不知道。」

「就在城堡那邊。」

「耶羅姆．維格納爾的城堡！」

雷利納含糊地說道：「天哪！這下問題嚴重了，如果足跡一直延伸到城堡，那可就確定了。」

足跡的確一直延伸到城堡，他們穿過高低起伏的田野沿路走來，發現了這一點。城堡柵欄的兩邊都被清掃過了，不過他們還是可以看到另外一條馬車輪駛過的痕跡，朝著與村莊相反的方向延伸。

隊長按了門鈴，看門人已經掃完了主幹道，走了過來，手裡還拿著掃帚。面對詢問，他回答說耶羅姆．維格納爾一早就走了，當時其他人都還沒起床，是他自己套的馬車。

「這樣的話，」雷利納說道：「只要跟蹤他們車輪留下的痕跡就可以了。」

「沒用的，」隊長說道：「他們是去搭火車了。」

「從我來的蓬皮涅車站？但如果是這樣，他們就會往村莊的方向走了……」

「是這樣沒錯，他們選擇了另外一個方向，因爲那邊通向省會，火車快車會在那邊靠站，檢察院就在那裡。我會給他們打電話，十一點前是不會有火車開出的，只要守住車站就行了。」

「我覺得您的方向是正確的，隊長，」雷利納說道：「我就您調查所採用的方法向您表示祝賀。」

於是他們就分手了。

雷利納剛剛想要去拉洪斯埃村找奧爾棠絲・丹妮爾，不過轉念一想，他決定在事情出現更好的轉機之前還是先不要見她。於是他又回到了村裡的酒館，讓人帶了幾句話給她：

親愛的朋友：

讀著妳的來信，我認爲自己理解了妳的想法。妳總是容易被感情打動，妳想要保護耶羅姆和娜塔莉之間的愛情。不過現在所發生的一切，讓人不由得猜測這兩人沒有詢問他們保護人的意見，在把馬蒂耶斯・德・高爾納扔入井中之後逃走了。

原諒我沒有來拜訪妳。這件事太令人費解了，要是在妳的身邊，我會無法集中精神思考……

這時已經是十點半了。雷利納去野外散了散步。他背著手，並沒有去欣賞白色原野的美景。隨後他回酒館用午餐，不過依然陷在沉思中，並沒有注意他周圍其他客人對這些事情的評論。

用完午餐他回到樓上自己的房間，睡了很長時間。突然一陣敲門聲驚醒了他，他開了門。

「妳……妳……」雷利納喃喃地說道。

奧爾棠絲和他相互打量了幾秒鐘，兩人都沒有做聲，只是執手相看，彷彿沒有任何思想和言語可以摻入他們相逢的喜悅中。最後他說道：「我來得有道理嗎？」

「有，」她柔聲說道：「有……我在等你。」

「或許妳早點讓我過來要比單單等待更好，事情可不會等人啊，我也不太知道耶羅姆・維格納爾和娜塔莉・德・高爾納會發生什麼事。」

「怎麼會？你不知道嗎？」她很快說道。

「知道什麼？」

「他們被捕了，他倆去搭了火車快車。」

雷利納反駁道：「被捕……不，不會就這樣隨便抓人的，應該會先對他們進行訊問。」

「訊問正在進行中，警方正在搜查。」

「在哪兒？」

「在城堡裡，既然他們是無辜的——他們是無辜的是吧？你和我一樣不會接受他們被定罪吧？」

雷利納回答道：「我什麼都不會接受，我什麼也不想接受，親愛的朋友。但是我應當告訴妳，一切都對他們很不利。除了一件事，那就是一切都對他們太過不利了。這麼多證據彙集在一起，而且殺人者的故事如此單純，這不正常。除了這一點以外，就只剩下謎團和混亂了。」

「所以？」

「所以，我很爲難。」

「你有計劃嗎？」

「目前爲止還沒有。啊！要是我能見上耶羅姆・維格納爾或者娜塔莉・德・高爾納一面，聽聽他們的說法，看看他們是怎麼爲自己辯護的就好了！但妳也知道，警方不會允許我問他們問題或是參與訊問的。再說，訊問也該結束了。」

「城堡那邊是結束了，」她說道：「不過訊問還會在深井莊園那邊再繼續。」

「他們會被帶去深井莊園？」他很快說道。

「是的……至少替檢察院開車的司機中有一人是這麼說的。」

「哦！這樣的話，」雷利納叫道：「一切都解決了。深井莊園！我們可以去那邊。這樣我們可以聽到並看到發生的一切。只要一個詞，一個語調、一個眨眼，我就能發現我所需要的提示，這樣就有些希望了。來吧，親愛的朋友。」

雷利納帶著她直接走過早晨的路，那條路正是通向鎖匠之前打開的門。那些被留在莊園站崗的員警已經在雪中踩出了一條路，剛好就在之前留下的足跡旁邊以及房屋的四周。巧的是，雷利納和奧爾棠絲靠近的時候並無人看見。他們從側面的一扇窗戶進到走廊裡，走廊緊挨著一處暗梯。幾階樓梯之上是一個小房間，僅僅通過一扇連著底樓大廳的小圓窗採光。雷利納早上來的時候就，已經注意到了這個小圓窗被從裡面用布塞住了。他把布抽掉，割開了一塊玻璃。

幾分鐘之後，一陣人聲從房子另一面傳了過來，可能是在井附近。聲音愈來愈清楚。好幾個人進了屋子，當中有幾個人上了樓，隊長和一個年輕人也到了。他倆只能看見那個人高高的身影。

「耶羅姆．維格納爾！」奧爾棠絲說道。

「是的，」雷利納說道：「高爾納太太會在她的房間裡首先接受詢問。」一刻鐘過去了，樓上的人走了下來，這幾個人是代理檢察長、他的書記官，以及一名警長和兩名警員。

高爾納太太被帶了進去，代理檢察長請耶羅姆．維格納爾走上前去。

耶羅姆有著一副剛毅的面孔，如奧爾棠絲在信中描述的那般。他看上去絲毫也不擔心，反而充滿了堅決和意志力。娜塔莉又瘦又矮，眼睛中卻閃著熾熱的光芒，看上去也是平靜而安定的。

代理檢察官檢查了淩亂的傢俱和爭鬥留下的痕跡，請娜塔莉坐下來，對耶羅姆說道：「先生，到目前爲止，我只請教了您很少的幾個問題。不過現在我想要利用在您當面進行簡單調查的機會，向您陳述一下我請您中斷旅行，和高爾納太太一起返回的原因。因爲您被指控涉嫌謀殺了馬蒂耶斯．德．高爾納，當然這隨後還會由預審法官進一步調查。您現在可以解釋一下這些針對您且令人不安的指控，請您告訴我實情。」

「代理檢察官先生。」耶羅姆回答說：「那些攻擊我的指控並沒有讓我心煩意亂，您要求我陳述的眞相要比這些因爲偶然因素堆積的所有指控來得更眞實。」

「我們來這兒就是爲了弄清楚眞相，先生。」

「眞相就在這裡。」

他沉思了片刻便用清楚而坦率的聲音講述道：「我深深地愛著高爾納太太。從我遇見她的第一刻起，我就對她產生了無限的愛意，但不管我有多麼強烈地愛著她，我始終把她的名譽放在第一位考慮。我愛她，但是我更尊重她。她應當對您說過的，我在這兒再對您說一遍。高爾納太太和我，我們兩人那晚僅僅是第一次交談。」

他繼續用低沉的聲音說道：「她越是不幸，我就越是尊重她。正如所有人都知道的，她的生活每一分鐘都是一種折磨。她的丈夫帶著兇殘的仇恨和強烈的嫉妒迫害她。您問問那些傭人，他們會告訴您娜塔莉・德・高爾納長期遭受的苦難，她遭受的那些拳打腳踢和她所承受的那些侮辱。我正是想通過行使對人施以援手的權利，結束她的這種苦難。當過度不幸或是不公發生的時候，任何人都有權行使這種權利。我跟老高爾納說了三次，請他干涉一下，可是我發現他對自己的媳婦有著同樣的仇恨。那是一種許多人都會表現出來的對美好而高貴的東西的嫉恨。於是我決定直接行動。昨天晚上，我對馬蒂耶斯・德・高爾納進行了嘗試，這聽起來有些奇特，不過考慮到這個人本身的特點，這種嘗試還是有可能，也應該能成功的。我向您發誓，代理檢察官先生，我只是想和馬蒂耶斯·德·高爾納聊聊，沒有任何其他意思。我知道他的一些生活細節，所以可以以一種有效的方式向他施壓，我想利用這個優勢來達到自己的目的。如果事情後來發生了變化，我並不對此負有責任。我在離九點還有十五分鐘的時候來到這兒。我知道傭人都不在，他自己給我開的門，當時他是一個人。」

「先生，」代理檢察官打斷道：「您所說的與事實顯然不符，剛才高爾納太太也是如此。馬蒂耶斯·德·高爾納昨天直到晚上十一點才回來。關於這點有兩個明確的證據：他父親的供詞和他在雪地上留下的足跡，雪是從九點十五分左右開始下到十一點才停的。」

「代理檢察官先生，」耶羅姆·維格納爾並沒有注意到自己的固執給代理檢察官產生的不好觀感，斷言道：「我只是如實講述事實，而不是按照人們猜測的那樣去講述。我繼續說下去。我進大廳的時候，掛鐘剛好指向八點五十分。高爾納先生以爲我會攻擊他，取下了他的步槍。我把自己的手槍放在桌上我搆不到的地方，坐了下來。

「我對他說道：『我要跟您談談，先生，請您務必聽我說。』

「他沒有動，一句話也沒說，於是我就開始講了。我沒有加上任何修飾來緩和一下自己突兀的提議，直截了當地說出了事先準備好的幾句話：『先生，幾個月來我對您的財務狀況進行了仔細的調查。您的土地都被抵押出去了。您所簽的匯票都即將到期，而您實際上不可能有能力償還。您的父親也指望不上，他自己的情況也很糟糕。這樣您就完了，而我是來救您的。』

「他打量著我，一直默不作聲的坐著，這就說明我的做法也不是讓他那麼不喜歡的，不是嗎？所以我就從口袋裡掏出一疊錢放在他對面，繼續說道：『這裡是六萬法郎，先生。我向您買下深井莊園和附屬於它的土地，抵押的錢也由我來付，這可是相當於市價雙倍的價格。』

「我看見他的眼睛放光了。他低聲問道：『條件呢？』

「『只有一個條件，您離開這裡去美洲。』

「代理檢察官先生，我們討論了兩個小時。這不是因為我的提議讓他感到憤怒，要是不了解自己的對手，我是不會這樣冒險的；而是因為他還想要更多的錢，拼命地討價還價。他避免提及高爾納太太的名字，我也絲毫未提。我們就像是兩個為了某樁糾紛試圖達成交易的人，而其間牽扯的卻是一個女人的命運和幸福，最終我因為厭倦而妥協了。我們達成了協定，我想馬上將之落實下來。我們交換了兩封信，一封是他將深井莊園出讓給我；另一封是他宣佈離婚的當日我要再往美洲寄一筆同樣數目的錢給他，他馬上將第二封信收了起來。

「交易完成了，我確定那個時候他是有誠意的。比起敵人和對手，他更多地將我視為一位幫助他的人，為了能讓我直接回家，他甚至給了我通向原野的那扇小門的鑰匙。不幸的是，我拿上帽子和大衣離開的時候，錯誤地將那份他簽完的信留在了桌子上。馬蒂耶斯・德・高爾納馬上發現他可以對此加以利用，留下自己的產業，留下自己的妻子……還有那筆錢。他很快收起那張紙，用槍托打了我的頭部，扔掉步槍，雙手死死掐住我的脖子。他算計錯了……我要比他來得強壯。經過一場激烈但並不持久的戰鬥，我制服了他，用角落裡的一根繩子將他捆了起來。

「代理檢察官先生，如果說對手的決定是突然其來的，我的決定也絲毫不慢。因爲歸根結底，他已經接受了那樁買賣，我會強迫他遵守承諾，至少得遵守我感興趣的那個部分，於是我蹬蹬蹬地跑上了二樓。

「我毫不懷疑高爾納太太一定在樓上，而且聽到了我們的討論。我靠著一支小手電筒的照明找了三個房間。第四個房間被鎖住了，我敲了敲門，沒有回答。但那個時候任何障礙都無法讓我停下來了。我在一間房裡發現了一把錘子，就撿了起來，破門而入。

「事實上娜塔莉・德・高爾納就在那間房裡，她躺在地上，昏迷了過去。我將她抱起來，走下樓，從廚房走了出去。我看見外面的雪，也想到自己的足跡會很容易被發現，但這又有什麼關係呢？我不用一定要甩掉馬蒂耶斯・德・高爾納啊？我不用這樣做，因爲他已經拿到了六萬法郎，還有那封我承諾在他離婚當日支付同樣數目的一筆錢的信，他會把娜塔莉・德・高爾納留給我，自己離開的。我們之間的約定沒有任何改變，除了一條：經過剛剛他表現出來的卑劣無恥，我也不想再等到他心甘情願放手，而是自己立刻帶走了我一直渴望的寶貴抵押——娜塔莉・德・高爾納。我害怕的不是馬蒂耶斯・德・高爾納的反擊，而是娜塔莉・德・高爾納的責備和憤怒。一旦發現自己被我擄走，她會怎麼反應呢？

「至於爲什麼我沒有收到半點責備，代理檢察官先生，我想高爾納太太一定坦白地對您說了。

愛情就是愛情，那晚在我的家中，她在情迷意亂中向我吐露了她自己的感情。她愛著我，就像我愛著她一樣，我們的命運融合在了一起。我和她在早晨五點鐘的時候離開了，並沒有想到警方會來搜捕我們。」

耶羅姆・維格納爾的講述到此結束，他一口氣說出了這些話，就像在講一個爛熟於胸、無可變更的故事。

屋內的訊問暫緩了片刻。

奧爾棠絲和雷利納躲在他們的藏身處，沒有漏掉一句他的話。年輕女子輕聲說：「這一切都是極爲可能的，而且不論如何，都是非常符合邏輯的。」

「還有一些反面的推斷呢。」雷利納說道：「聽聽他們怎麼說，這些推斷是相當可怕的，特別是其中一條……」

雷利納所指的這一條被代理檢察官率先提出：「高爾納先生在整個故事裡呢？」

「馬蒂耶斯・德・高爾納？」耶羅姆問道。

「是啊，您剛剛很眞誠地給我講述了一系列事實，我非常願意接受。不過您忘記了至關重要的一點：馬蒂耶斯・德・高爾納怎麼樣了？您把他捆在了這間房裡，但是今天早上他並不在這兒。」

「代理檢察官先生，那自然是因爲馬蒂耶斯・德・高爾納最終接受了交易，離開了。」

「從哪裡走掉了？」

「大概是走那條去他父親家的路吧。」

「那他的腳印在哪呢？我們周圍的雪地是個不偏不倚的證人。在你們倆決鬥之後，從雪地上可以看見您離開的痕跡，但爲什麼看不見他的呢？他來了卻沒有走，那他在哪裡？沒有任何蹤跡。或者可能……」

代理檢察官壓低了聲音道：「或者可能，通往井邊的路以及井的四周，有些痕跡證明最重要的戰鬥是在那兒發生的，後來就沒有任何蹤跡了……什麼也沒有……」

耶羅姆聳了聳肩膀道：「您已經跟我說過這個了，代理檢察官先生。這是指控我謀殺，我不會做出任何回答的。」

「那您的手槍在離井二十公尺處被發現，您是否就這一事實作出回答呢？」

「也不會。」

「還有一個奇怪的巧合，夜裡人們聽到了三聲槍響，而您的手槍恰好少了三顆子彈，這怎麼說？」

「不，代理檢察官先生。井邊並沒有發生您所認爲的最重要的戰鬥，因爲我把高爾納先生捆在了房裡，也把自己的手槍忘在那裡，再者倘若人們聽到了槍響，那也不是我射的。」

「那是意外的巧合囉？」

「這得靠警方來解釋，我唯一的義務就是把眞相講出來，您無權要求我做得更多。」

局。」

「如果這個眞相與觀察到的事實相反呢？」

「那就是因爲觀察的事實出錯了，代理檢察官先生。」

「好吧，但在警方能使事實與您的說法達成一致之前，您應該理解我有義務先將您拘留在警

「那高爾納太太呢？」耶羅姆焦慮地問道。

代理檢察官沒有回答，他和警長交談了一會兒，隨後吩咐一名警員把車開過來，然後轉向娜塔莉說道：「太太，您已經聽到了維格納爾先生的陳述，這與您的陳述完全相符。特別是維格納爾先生肯定您是在昏迷中被帶走的，不過您是否在一路上一直處於昏迷狀態呢？」

耶羅姆的冷靜彷彿使得年輕女子更加堅定，她回答道：「我是到城堡才醒過來的，先生。」

「那就奇怪了。您沒有聽到三聲震耳欲聾的槍聲嗎？幾乎整個村子都聽見了。」

「我沒有聽見。」

「井邊發生的事情您就什麼都沒看到？」

「井邊什麼都沒有發生，因爲耶羅姆・維格納爾對這點很肯定。」

「那您的丈夫怎麼樣了呢？」

「我不知道。」

「哎，太太，您可是應該向警方提供幫助的，至少得告訴我們您的推測。您是否覺得有可能是

高爾納先生在見他的父親時喝過了頭，因此失去平衡掉入井中了？」

「我丈夫從他父親那兒回來的時候沒有半點醉意。」

「可是他的父親是這麼說的，他倆喝了兩三瓶酒。」

「他的父親弄錯了。」

「但雪是不會弄錯的，太太。」代理檢察官惱怒地說道：「那些雪上留下的足跡可是歪歪扭扭的。」

「我的丈夫是八點半回來的，那是在下雪之前。」

代理檢察官拍案而起。

「太太，您顯然是在胡說八道！地上的雪是不偏不倚的！要是您所說的與無法驗證的東西相矛盾，我還能接受！可是這個，雪上的足跡……就印在雪上……」

他克制住了自己。

汽車已經停到了眼前，他突然間做出決定，對娜塔莉說道：「太太，請您待在這個莊園裡，以便警方隨時進行調查……」

他示意隊長把耶羅姆·維格納爾帶上汽車。

兩個情人輸掉了這一局，他們剛剛能夠在一起，就又不得不分開，在遠離彼此的地方與那些擾亂人心的指控作鬥爭。

耶羅姆向娜塔莉走過去一步，他們彼此交換了一段悠長而痛苦的目光，隨後耶羅姆對她彎了彎腰，向門口走去，身後跟著員警隊長。

「站住！」一個聲音叫道：「向後轉，隊長！耶羅姆・維格納爾別動！」

代理檢察官和其他人一樣都愣住了，抬起頭往上看去。聲音是從大廳的頂部傳來的。小圓窗打開了，雷利納趴在上面連比帶畫地說道：「請聽我說！我有些話要講，特別是關於那歪歪扭扭的足跡，問題就在那上面！馬蒂耶斯沒有喝酒……」他轉過身，將兩條腿伸進洞裡，一邊對嚇壞了想要抓住他的奧爾棠絲說道：「待在這別動，親愛的朋友……不會有人來打擾妳的。」

他鬆開手，任由自己落在了客廳裡。

代理檢察官似乎被驚呆了：「哎，先生，您是從哪兒冒出來的？您到底是誰？」

雷利納撣了撣衣服上的灰，回答道：「不好意思，代理檢察官先生，我本應該和所有人一樣從門口進來的，但是我太急了。再說，如果我從門進來而不是從天花板上掉下來，我的話可能就不會那麼有效果了。」

代理檢察官憤怒地走近他問道：「您是誰？」

「我是雷利納公爵。我今天早上跟著隊長做了調查，是吧隊長？從那時起我就在尋找和打探，所以我很想參加訊問，於是就躲到了那間小房間裡……」

「您剛剛在那兒！您太大膽了！……」

「追尋眞相的時候膽子應該大些。我要是不在那兒，就不會搜集到自己缺少的那點兒提示，就不會知道馬蒂耶斯・德・高爾納半點也沒醉。這就是謎題的關鍵，知道了這個，眞相就出來了。」

代理檢察官此刻的處境很可笑，他自己沒採取必要的防範措施防止調查的秘密外洩，所以現在也很難對這個擅自闖入的傢伙採取行動。他咕噥道：「夠了，您到底想要怎麼樣？」

「希望您給我幾分鐘時間。」

「爲什麼？」

「爲了證明維格納爾先生和高爾納太太的無辜。」

他的神情很平靜，甚至是他所特有的漫不經心。他採取行動的時候總是如此，還有當事情的結局取決於他的時候也是這副表情，奧爾棠絲馬上對他充滿了信心，不禁顫抖了一下。

「他們逃過一劫了。」她激動地想到：「我那時求他保護這個年輕女子，現在他果然要把她從囚禁和失望中救出來了。」

耶羅姆和娜塔莉也突然感覺到了希望，因爲他們向彼此邁進了一步，仿佛這個從天而降的陌生人給了他們雙手相握的權利。

代理檢察官聳了聳肩膀。

「只要時候到了，審判過程會有辦法證明他們的無辜的，您會被傳喚的。」

「現在馬上就證明會更好，拖延可能會造成一些讓人不愉快的後果。」

「但是我沒什麼時間……」

「五分鐘就足夠了。」

「五分鐘解釋這樣一樁案子！」

「不會佔用更多時間了。」

「那麼您很清楚案情囉？」

「現在是了，我從今天早上開始就思考了很久。」

代理檢察官明白這位先生是不會退讓的，只能屈從於他。他有些嘲弄地對他說道：「您的思考能否讓我們確定馬蒂耶斯・德・高爾納先生此刻身在何處嗎？」

雷利納掏出表看了看，答道：「在巴黎，代理檢察官先生。」

「在巴黎？這麼說他活著囉？」

「活著，而且活得相當好。」

「恩，我對此感到很高興，不過井口周圍的足跡，還有那把手槍和三聲槍響，這些又意味著什麼呢？」

「只是舞台佈景罷了。」

「啊！啊！誰想出來的舞台佈景？」

「馬蒂耶斯・德・高爾納他自己。」

「太奇怪了！出於什麼目的？」

「目的就是讓人以爲他已經死了，把這些事情拼湊起來最終讓維格納爾先生因這樁死亡被控謀殺。」

「這個假設眞夠天才的，」代理檢察官依然帶著諷刺表示同意：「維格納爾先生，您對此怎麼想？」

耶羅姆回答說：「代理檢察官先生，我自己也隱約察覺到有這種可能。我在那場打鬥之後離開了，馬蒂耶斯·德·高爾納醞釀出了一個新計畫，可以發洩他的仇恨。這些都是可能的。他愛著自己的妻子，但又討厭她。他憎恨我，想要復仇。」

「他爲這個復仇可是付出了高昂的代價，因爲按您所說，馬蒂耶斯·德·高爾納正式離婚的話，將可以從您那兒得到另外一筆六萬法郎的錢。」

「代理檢察官先生，這筆錢他會從另外一處搞到的。事實上，對高爾納一家財務狀況的調查使我得知父子兩人買了一份保險。兒子倘若死了，或者被認爲是死了，父親就可以領到這份保險作爲賠償。」

「這麼說，所有這場舞台佈景中，老高爾納先生是他兒子的同謀嘍。」代理檢察官笑著說道。

這次是雷利納回答了：「正是如此，代理檢察官先生，父子兩人是商量好的。」

「那就可以在老高爾納家裡找到他的兒子了？」

「本來昨夜是可以找到的。」

「那他怎麼樣了？」

「他去蓬皮涅車站搭了火車。」

「這些不過是猜測而已！」

「是肯定。」

「那也是一廂情願的肯定，並沒有任何證據，您得承認這一點……」

代理檢察官沒有等他作出回答就結束了他的陳述，因爲他覺得自己已經聽夠了，而且耐心也是有限度的。

「沒有任何證據，」他拿起自己的帽子重複道：「而且特別是……特別是您所說的當中沒有一句能夠否認積雪留下的證據，雪可是鐵面無私的。馬蒂耶斯·德·高爾納就算去了他父親家，也得從這兒出去啊。他從哪兒出去的呢？」

「我的天啊，維格納爾先生已經告訴您了，就是沿著去他父親家的那條路啊。」

「雪上沒留下痕跡。」

「有痕跡。」

「那些是他來的痕跡，不是他離開的痕跡。」

「這都是同一件事。」

「怎麼會呢？」

「當然了。走路的方式不是只有一種，不一定非得向前走。」

「還能怎麼走？」

「後退呀，代理檢察官先生。」

雷利納語調極爲清晰地說出了這幾個簡簡單單的詞，每個詞都咬得很清楚。大廳裡一陣沈默。每個人都一下子明白了其中的深刻含義，在靈光閃現中弄清了原本無法參透的眞相，這眞相仿佛突然間就變成了世間再自然不過的事情。

雷利納倒退著走到窗前說道：「如果我想要走近這扇窗戶，顯然我可以直接走過去，但我也可以背對著它倒走過去。兩種方法都可以達到目標。」

他很快又繼續有力地說道：「我總結一下。八點半下雪之前，高爾納先生從他父親家回來。因爲還沒開始下雪，所以他沒留下任何痕跡。八點五十的時候，維格納爾先生來了，一路上也沒留下任何痕跡。兩個男人之間解釋了一番，達成了協定。他們後來又打了起來，馬蒂耶斯·德·高爾納輸了。這時已經是三個小時之後了。維格納爾先生擄走高爾納太太逃跑了，馬蒂耶斯·德·高爾納被深深地刺傷了，非常憤怒，突然間他卻發現了一個絕妙的復仇計畫，天才的想到利用積雪來對付他的敵人。那場落了三個小時的雪此刻就提供了證據。他籌畫了自己的被害，或者更準確地說，是自己被害落井的假象。然後他倒退著一步一步離開，在雪地上留下了他回家的痕跡。我解釋的夠清楚吧，代理檢察官先生？他在雪地上留下了像是他回家的痕跡，而不是離開的痕跡。」

代理檢察官不再冷笑了，他突然覺得這個討厭而古怪的傢伙値得重視，並不適合被嘲笑。

他問道：「那他是怎麼離開他父親家的呢？」

「乘坐馬車，就這麼簡單。」

「誰駕的車？」

「他的父親。」

「您怎麼知道？」

「今天早上，我和隊長兩人看到了那輛馬車，還和他父親說了話。那時他正要和往常一樣去趕集。兒子當時就藏在車篷下面。他在蓬皮涅坐上了火車，此刻就在巴黎。」

雷利納的這些解釋剛好用了五分鐘，和他的承諾是相符的。這些解釋依靠的只是邏輯和可能性，但卻一掃之前困惑眾人的謎團。黑暗被驅散了，眞相浮出水面。高爾納太太高興得哭了起來，耶羅姆・維格納爾則拼命地感謝這個天才。經他這麼一撥弄，事情的軌跡全都改變了。

「我們一起來看看這些足跡吧，代理檢察官先生您願意嗎？」雷利納又說道：「我和隊長今早所犯的錯誤就是沒有注意這些所謂是殺人犯留下的痕跡，忽略了它們其實是馬蒂耶斯・德・高爾納的。這些痕跡爲什麼會吸引我們的注意呢？因爲事情的關鍵之處正是在這兒。」

他們隨後又看了果園留下的痕跡，很快就發現這些足跡顯得笨拙、猶豫，可能是腳後跟或是腳尖踩得太深，雙腳間的距離也都不一樣。

「這種笨拙的痕跡是不可避免的，」雷利納說道，「馬蒂耶斯・德・高爾納要想把往後退的步子走得更往前的一樣，這顯然需要經過好好練習。他和他的父親也應該是發現了這個問題，至少是那些彎彎折折的痕跡，於是他的父親就很小心地提前告訴隊長自己的兒子喝了太多的酒。」

雷利納補充道：「正是這個謊話讓我豁然開朗。當高爾納太太肯定地說自己的丈夫沒醉的時候，我就想到了這些足跡，猜出了眞相。」

代理檢察官直爽地接受了案子的眞相，笑著說道：「現在只要派人抓捕這個假死的傢伙就行了。」

「憑什麼呢，代理檢察官先生？」雷利納說道：「馬蒂耶斯・德・高爾納沒犯任何罪。在井口四周踩出些痕跡，遠處放把不屬於自己的手槍，開了三槍，倒退著走去自己父親家，這些都不應該受到譴責。能指控他什麼呢？那六萬法郎？我猜維格納爾先生也沒有指控他的意思吧，他不會提起訴訟的。」

「當然不會，」耶羅姆宣佈說。

「那還有什麼呢？活著的人領了保險？只有他父親去要求支付這筆錢，這才構成犯罪。他要眞敢去我才感到奇怪呢，您瞧，他就在這兒呢，我們已經被他盯上了。」

老高爾納正連比帶畫地走過來，他憨厚的臉因爲憂傷和憤怒都皺了起來。

「我兒子？看來他被殺了……我可憐的馬蒂耶斯死了！啊！維格納爾這個強盜！」

他向耶羅姆・維格納爾揮舞著拳頭。

代理檢察官突然對他說道：「高爾納先生，您是否打算去領那筆您兒子的保險金呢？」

「當然嘍。」老傢伙不由自主地說道。

「不過您兒子沒死，甚至您還是他那些小詭計的同謀，您把他塞在了車篷下面，帶去了火車站。」

那傢伙往地上啐了一口，伸出手仿佛要莊嚴發誓似的，一動不動地站了會兒，突然間高興地轉過身去，神色放鬆，態度隨和，厚顏無恥地大笑道：「馬蒂耶斯這個小淘氣！他竟想裝死！這個壞蛋！他可能是指望我去領那筆保險金給他送過去？好像我能做出這樣卑鄙的事情似的！小東西，你不了解我……」

他被這個有趣的故事帶來的喜悅震驚了，轉身就跑，不過一路上卻很小心的用自己打了釘子的大長靴蓋掉了每一個他兒子本來設計用來指控耶羅姆的足印。

等雷利納再回到莊園想把奧爾棠絲弄出來的時候，年輕的女子已經不見了。

他去了艾姆琳表姐家，奧爾棠絲讓人跟他道了聲對不起，不過說自己有些累了，想休息一下。

「很好，一切都很好。」雷利納想：「她故意在逃避我，是因爲她其實愛上我了，結局很快就要到來了。」

chapter 8

墨丘利

巴斯古村拉洪斯埃，丹妮爾女士收

我最親愛的朋友：

兩周過去了，還是沒有收到妳的信。十二月五日就是我們約定的期限了，在這個惱人的日子到來之前，我是不再指望能收到妳的信了。我迫不及待地期盼這個日子的到來，因爲那時妳就能如妳所願的從那份約定中脱身了，似乎妳對那個約定已經沒有興趣了。我們並肩經歷了七場戰鬥，並且取得了勝利。對我而言，那是一段快樂的時光。我就在妳的身邊，感受到了這些精彩紛呈而又激動人心的經歷給妳帶來的益處。我是那樣的幸福，甚至不敢將這一點告訴妳。我不敢讓妳明白，除了討妳喜歡和對妳忠誠以外我的那些隱秘情感。今天，親愛的朋友，妳不再想要妳的戰友了。唉，那就如妳所願吧！

即使我接受了妳和我之間的斷交，妳是否能夠允許我提醒一下妳我常常會想到的最後一樁冒險，也是我們努力的終極目標呢？妳是否允許我重複一下妳的話？那段話我一句都沒有忘記過。

「我要，」妳說道：「你找一枚老式的胸針，是一塊鑲在金銀絲托架上的光玉髓。那是我的母親給我的，而她又是從她的母親那兒得來的。所有人都知道那枚別針曾給她們帶來了好運，也曾給我帶來好運。而自它從小匣子裡不翼而飛之後，我就一直不幸著。把它還給我吧，天才的先生。」

當我問妳它是什麼時候不見了的，妳笑著回答：「七年前，或者是八年前，也有可能是九年前，我不太清楚了。我不知道是在哪兒丟的，也不知道是怎麼丟的，我什麼也不知道……」

這難道不是妳給我的一項挑戰嗎？妳給我提了這個條件，就是讓我不可能達到。但我還是許下了承諾，並且想要遵守自己的諾言。在我看來，如果缺了這個妳所看重的護身符，那我試圖讓妳能夠看到生活中積極面的努力都是徒勞的。我們不要嘲笑這些小小的迷信，它們往往是我們行動的最好準則。

親愛的朋友，倘若妳願意給我一些幫助的話，這件事現在已經成功了。但因爲我孤身一人，且爲時間所限，所以失敗了，但事情還是取得了一些進展，倘若妳願意繼續下去，成功的可能性還是相當大的。

妳會繼續下去的，不是嗎？對於我們當面訂下的承諾，彼此都應當遵守。我們要在這段時間裡，在自己的人生經歷中留下八個美麗的故事。在那些故事裡會有我們的辛勤努力、我們的邏輯思考、我們的堅持不懈、我們的靈活機敏，有時還會有一點點英雄氣概。而現在就是第八個故事了，輪到妳在十二月五日晚上八點鐘敲響之前將之完成。

那一天就請妳按照我告訴妳的方法行動。

首先，我的朋友，這點很重要，妳不要認爲我的指導是荒誕不羈的，其中每一點都是取得成功必不可缺的條件。首先妳要在妳表姐的花園中割下三棵瘦瘦的燈芯草（我看見她的花園中是有這種植物的），妳將它們首尾相連做成一根原始的馬鞭，就像孩子玩的那樣。

妳再去巴黎買一根黑玉珠子穿成的項鏈，要那種打磨成多面狀的珠子。妳把項鏈弄短些，只留差不多七十五顆珠子就行。

妳在大衣裡面穿一件藍色羊毛連衣裙，帽子就戴直筒無邊的那種，上面要裝飾著紅棕色的枝葉，脖子上圍一條雄雞毛圍成的蛇狀圍巾，別戴手套和戒指。

下午的時候，妳坐車沿著塞納河左岸去聖艾迪安—蒙迪教堂。四點整的時候，教堂的聖水盤前會有一個穿黑衣服的老太太正在撥銀質念珠。她會給妳一些聖水。妳把項鏈給她，她數完上面的珠子會還給妳的。接下來妳就跟著她穿過塞納河的一條支流。她會把妳帶到一座房子面前，那座房子在聖路易島一條偏僻的路邊，妳一個人進去。

妳會在房子底樓發現一個臉色晦暗但還不算老的男子，妳脫掉大衣之後對他說：「我來找我的胸針。」

他慌亂也好，害怕也好，妳都不要驚訝。在他面前要保持平靜。如果他詢問妳，想要知道妳爲什麼會來找他，是什麼促使妳來索討東西的，妳別做任何解釋。妳的回答必須非常簡短：「我來找屬於我的東西。我不認識妳，也不知道妳叫什麼名字，但我不得不來找妳。我必須拿走我的胸針。必須如此。」

我相信，如果妳足夠堅定，不管那個人怎麼演戲，都一直保持這個態度，我眞誠地相信妳會徹底取得成功的。但是你們交鋒的過程一定要短，結局只取決於妳對自己的信心和對成功的肯定度。這差不多就是一場比賽，妳必須在第一輪就擊敗對手。妳只要保持沈著冷靜就能取得勝利。妳要是稍有猶豫或者焦慮，就不是他的對手了。他會逃脫妳的手，在最初的困境之後佔據上風，這樣妳幾分鐘之內就會輸掉這一局。沒有中間選擇——要嘛馬上獲勝，要嘛就是失敗。

最後這一次，我很抱歉，妳還是應當重新接受我的合作提議。我的朋友，我提前將合作方案給妳，沒有任何條件。我還要特別指出，我過去爲妳所做的一切，還有我將會爲妳所做的一切，這些都只給了我一項權利。那就是對妳表示感激之意，並且更加忠於妳，妳是我所有的快樂，所有的生命。

雷利納
十一月三十日

奧爾棠絲讀完這封信，將它扔進抽屜裡，堅決地說道：「我不會去的。」

首先，如果說她過去確實有些看重這珠寶，覺得它能夠帶來好運，如今她已經不感興趣了，因爲困難的日子似乎都已經結束了。再者她不會忘記這次新冒險的序號是八這個數字。進行這項冒險就等於是重新開始中斷的鏈條，靠近雷利納，給他籌碼。憑著雷利納不動聲色的機靈勁兒，他可是會對此好好加以利用的。

離約定的日子還有兩天的時候，奧爾棠絲還是抱著和此前一樣的想法。到了第二天早上依然如此。可是突然之間，她甚至都沒有和之前的躲閃推諉作半點鬥爭，就直奔花園而去，割了三棵燈芯草將它們編結起來，就像她還是個孩子的時候習慣做的那樣。中午的時候她就坐上了火車，強烈的好奇心刺激著她，她無法抵禦雷利納提出的冒險中蘊含的有趣而緊張的蠱惑。這實在是太誘人了。黑玉項鏈、有秋葉裝飾的帽子、撥銀念珠的老太太，她怎能抵禦這些神秘的召喚呢？又怎能放棄這個向雷利納展示自己能力的機會呢？

「再說，這又怎樣？」她笑著自言自語道，「他讓我去的是巴黎。但是對我而言，只有離巴黎幾百里外阿蘭格日廢棄的老城堡裡的八點鐘才是危險的。唯一一座能敲響那個可怕時刻的鐘，它還被鎖在那棟城堡裡呢！」

晚上的時候，她抵達了巴黎。十二月五日的早晨，她買了一根黑玉項鏈，把它的珠子縮到了七十五顆；她穿上藍色連衣裙，戴上裝飾著紅棕色枝葉的直筒無邊帽。下午四點鐘的時候，她準時走進了聖艾迪安—蒙迪教堂。

她的心跳得厲害。這次她是一個人了，此刻她強烈地感受到了自己放棄了的支持力量，而這種放棄是因爲害怕，並不是理智思考的結果。她在四周尋找著，幾乎希望自己能看見他。可是教堂裡沒有人……除了一個穿黑衣服的老太太，站在聖水盤旁邊。

奧爾棠絲向她走過去，老夫人手指間撥弄著一串銀質的念珠，給了她一些聖水，接著就開始一顆一顆地數奧爾棠絲遞給她的項鏈上的珠子。

她低聲說道：「七十五顆，很好，來吧。」

沒有一句多餘的話，她在路燈的微光下邁著碎步疾走，穿過托內爾橋來到了聖路易島，她沿著一條僻靜的路走到一個十字路口，在一座帶有鍛鐵陽台的老宅子前面停了下來。

「進去吧。」她說道。

老夫人走了。

奧爾棠絲眼前是一間外觀漂亮的商店，幾乎佔據了整個老宅子的底樓。透過燈光照耀下閃亮的玻璃窗，可以看見店裡雜亂堆著的商品和老式傢俱。她站了幾秒鐘，心不在焉地看了看。招牌上寫著「墨丘利」，還有店主的名字「龐卡迪」。再高些的地方，二樓基座突出的部分上設有一個小神龕，裡面供著一尊單腿站立的陶製墨丘利神①，腳上生著翅膀，手執神杖，因爲奔跑身子向前傾得有些厲害。按理說這樣一來神像應該會失去平衡，一頭栽倒在街上，奧爾棠絲注意到這奇怪的地方。

「走吧。」她低聲地說道。

她握緊拳頭走了進去，儘管有電鈴和門鈴發出的聲響，卻沒有人出來。店裡似乎是空的，但裡面還有一間後堂，再後面還有一間，兩間屋子裡都塞滿了各種小古董和傢俱，其中不少應當很是值錢。奧爾棠絲沿著兩側的衣櫥、托腳小桌和五斗櫥之間形成的狹窄過道往前走，爬上了兩級台階，來到了最後一間屋子裡。

一個男人坐在寫字台前查閱登記簿，他並沒有轉過頭來，直接說道：「很樂意爲您服務，太太您可以隨便看看。」

這屋子裡的東西風格都很獨特，像是間中世紀煉金術士的實驗室，裡面有塞著草的貓頭鷹，骷髏、顱骨、銅質蒸餾器、星盤，牆上還掛著來自各地的護身符，其中很大一部分是象牙手和珊瑚手，伸著驅邪的兩根手指。

「您想要什麼，太太？」龐卡迪先生終於關上了他的書桌抽屜，站起身來。

「就是他了。」奧爾棠絲想道。

事實上他的臉色相當晦暗，兩撇花白的山羊鬍子使他的臉看起來很長，前額禿頂，下面是一雙發光的小眼睛，陷在眼眶裡，透著不可捉摸的焦慮。

奧爾棠絲沒有摘去面紗，也沒有脫掉大衣，回答道：「我要一枚胸針。」

「櫥窗在這兒。」他將她帶到中間那間屋子裡說道。

奧爾棠絲掃了一眼櫥窗說道：「不，不，這兒沒有我想要的。我想要的不是隨便哪一枚胸針，而是從前在珠寶盒中丟了的那一枚，我上這兒找它來了。」

奧爾棠絲吃驚地發現，他的神色都變了，露出了驚恐的眼神。

「在這兒？我恐怕您是找不到的，它長什麼樣子？」

「是光玉髓的，鑲在金銀絲托架上的，一八三〇年左右製作的。」

「我不明白……他結結巴巴地說道。您爲什麼跟我要這個？」

奧爾棠絲摘去面紗，脫掉了大衣。

他退後一步，仿佛被眼前的場景嚇到了，喃喃地說道：「藍色連衣裙……直筒無邊的帽子……啊！這可能嗎？黑玉項鏈！」

最讓他震驚的還是他瞧見了她手上三根燈芯草編成的馬鞭。他向她伸出一根指頭，開始渾身打顫。最後他就像落水的人那樣，在空中胡亂揮舞著手臂，隨後倒在椅子上暈了過去。

奧爾棠絲沒有動，雷利納信中寫道：「不管他怎麼演戲，您要有勇氣不爲所動。」儘管他此刻可能並非在演戲，但奧爾棠絲還是強迫自己保持冷靜和鎮定。

過了大約一兩分鐘，龐卡迪先生醒了過來。他擦了擦額頭上的冷汗，試圖克制住自己，用顫抖的聲音說道：「您爲什麼來找我？」

「因爲這枚胸針在您手裡。」

「誰告訴您的？」他並沒有抗議奧爾棠絲的指控：「您是怎麼知道的？」

「我就是知道，沒人對我說過任何話。我來到這兒，十分肯定能找到自己的胸針，並堅決要將它取走。」

「但您認識我嗎？您知不知道我叫什麼？」

「我不認識您，我在看到您寫在店鋪上的名字之前也不知道您叫什麼，對我而言，您只是個會把屬於我的東西還給我的人。」

他顯得相當的煩躁不安，在屋子四周堆積的傢俱中間形成的小空間裡走來走去，一邊還愚蠢地敲打著這些傢俱，因爲這樣做有可能會使傢俱失去平衡。

奧爾棠絲覺得他已經爲自己所支配了，於是利用他的慌亂突然間用威脅的語調命令道：「東西在哪兒？還給我。我需要它。」

龐卡迪此刻絕望了，他雙手相握，口中喃喃地發出哀求聲。接著他就被打敗了，突然間順從起來，清晰地問道：「您需要它？」

「我要它……這是應該的。」

「是的，是的……這是應該的……我同意。」

「說！」她更加強硬地命令道。

「用說的不行，但我可以寫下來，我會把秘密寫下來的，對我而言一切都完了。」

他轉過身回到書桌旁，焦躁不安地在一張紙上寫下了幾行字，然後把紙裝入信封封了起來。

「拿著，」他說道：「這就是我的秘密，這可是我的命根子啊……」

與此同時，他很快從一堆紙下面抽出一把手槍，對準自己的太陽穴扣動了扳機。

奧爾棠絲馬上撞開了他的手臂。子彈在穿衣鏡的玻璃上擊出了一個洞。龐卡迪倒了下去，開始發出呻吟，彷彿受了傷似的。

奧爾棠絲努力保持著冷靜。

「雷利納告訴過我的。」她想道：「這是個很會演戲的傢伙，他手上有信封、還有手槍，我不會被他騙了的。」

但是奧爾棠絲明白，雖然她表面上還保持著冷靜，不過龐卡迪自殺的企圖和那一聲槍響已經讓她不知所措了。她渾身無力，痛苦地感覺到這個趴在她腳下的男人事實上已經一點一點地戰勝了自己。

她筋疲力盡地坐了下來，正如雷利納事先告訴她的，決鬥只持續了幾分鐘，但輸的是她。失敗是因爲她作爲一個女人還不夠堅強，犯下了錯誤，而且是在她認爲自己將會勝利的那個時刻。

龐卡迪先生很清楚這一點，他甚至都沒有再演一下，馬上就停止了自己的哀歎，在奧爾棠絲面前靈活地一躍而起，用嘲笑的語氣叫道：「我可不想讓第一個進來的顧客打擾我們一會兒要進行的談話，不是嗎？」

他衝到店門口，把原本打開的鐵擋板都放了下來，又雀躍著回到奧爾棠絲這兒來。

「喔唷！我眞的以爲自己見鬼了。太太，您只要再努力一點兒就贏了。但我眞是天眞！我好像看見您從過去的時光隧道走過來，就像上帝的使者，來找我算帳，我愚蠢地想把東西還給您了……啊！奧爾棠絲小姐，請讓我這樣叫您，我認識您的時候您就叫這個名字，奧爾棠絲小姐，您膽子還是不夠大呀。」

龐卡迪在她旁邊坐下，面露凶色，粗暴地朝她喊道：「現在該說實話了。誰策劃了這件事？不是您吧，嗯？這不是您的風格。那是誰呢？我這輩子一直都很老實，相當的老實，除了一次……就是這枚胸針。我以爲這些都已成了前塵往事，如今卻又浮出水面了，這是怎麼回事？我想要知道。」

奧爾棠絲不再嘗試掙扎。他憑藉著男人的力量、他的怨恨、他的害怕、他狂怒的動作和既可笑又可怕的面色所表現出來的威脅，將奧爾棠絲壓倒了。

「說！我想要知道。倘若我有個在暗處的敵人，我要能夠自衛！這個敵人是誰？誰指使您的？誰讓您這樣幹的？是不是哪個生意上的對手，我的好運惹惱了他，他想利用這枚胸針？您說呀，說出那狗東西的名字……不然我發誓……」

她想像他會重新拿起那把手槍，不禁往後退去，張開雙臂想要逃走。

於是他倆就扭打在一起，奧爾棠絲越來越害怕。這一方面是因爲她自己很可能會遭到襲擊，更是因爲她害怕襲擊者那張扭曲的面孔。奧爾棠絲開始大叫，就在這時，龐卡迪先生突然不動了，手臂向前伸著，手指張開，眼神則越過了奧爾棠絲的頭頂。

「誰在那兒？你怎麼進來的？」他哽著聲音問道。

奧爾棠絲甚至不用回過頭去就可以確定，那是雷利納來救她了，這個擅自闖進來的傢伙神奇的出現讓古董商非常驚訝。一個瘦削的身影從一堆扶手椅和長沙發之間鑽過來，雷利納的步伐相當的鎮定。

「你是誰？」龐卡迪重複了一遍：「你是打哪兒來的？」

「從上面來的，」他指了指天花板，和善地說道。

「從上面？」

「對呀，從二樓啊。我三個月來一直是樓上的房客。剛剛聽到了些動靜，有人在求救，所以我來瞧瞧。」

「但您是怎麼進來的？」

「走樓梯啊。」

「哪個樓梯？」

「就是店裡面那個鐵樓梯。您之前的那個商人原來也住在我租的二樓，他就是通過這個裡面的樓梯直接上下的。您把門堵死了，我又弄開了。」

「但您有什麼權利這樣做，先生？這是盜賊行徑。」

「若是為了救人，盜賊行徑是允許的。」

「我再問一次，您是什麼人？」

「雷利納公爵，這位夫人的朋友。」雷利納邊說邊彎下腰，吻了吻奧爾棠絲的手。

龐卡迪看似很震驚，嘀咕道：「啊！我明白了……您就是主謀……是您讓這位夫人來的……」

「是我，龐卡迪先生，正是我。」

「您的目的是什麼？」

「我的目的很單純，不動用暴力，只是和您談談，談完之後您就把我來找的那樣東西交給我。」

「什麼東西？」

「胸針。」

「這絕不可能。」古董商斷然說道。

「別說不可能，這是必定的結果。」

「先生，世間沒有什麼力量可以強迫我做出這件事。」

「您是否想讓我們把您的妻子找來呢？龐卡迪太太可能比您更明白情況。」

龐卡迪先生似乎很喜歡這個主意，因爲他想到自己可以不用一個人面對這個意料之外的對手了，他按了三下鈴。

「太好了！」雷利納叫道：「你瞧見了，親愛的朋友，龐卡迪先生相當的和善，一點都沒有剛才粗暴地對待您的魔鬼的影子了。龐卡迪先生在男人面前就會重新變得殷勤客氣了，像綿羊般溫順。但這可並不意味著事情就這麼簡單了，遠非如此！綿羊可還是很倔的……」

店鋪最裡頭書桌和旋轉樓梯之間的一塊掛毯被掀了起來，一個女人手扶著門走了出來。她大約三十多歲的年紀，衣著相當簡樸，繫圍裙。與其說她是老闆娘，倒不如說她更像個廚娘，不過她面容親切，樣子也很和善。

奧爾棠絲原本一直在聽雷利納說話，突然間很驚訝地認出，當自己還是個孩子的時候，這個女人原本是她的女傭。

「怎麼會！是你嗎？呂西安娜？您是龐卡迪的太太？」

新來的這個女人看著奧爾棠絲，也認出了她來，似乎有些尷尬，雷利納對她說道：「龐卡迪太太，您丈夫和我需要您來了結一樁挺複雜的事情……您在這樁事情中的角色可不容小覷……」

龐卡迪太太走近前來，一句話也沒說，不過她顯然感到很焦慮。她的丈夫一直用眼睛盯著她，於是她問道：「怎麼了？要我做什麼？是什麼事情？」

龐卡迪低聲地說了幾個詞：「胸針……那枚胸針……」

無需他再多言，龐卡迪太太已經明白了事態的嚴重性，因此她並沒有試圖保持沈著或者是進行徒勞的抗議。她一下子癱倒在椅子裡，歎息道：「啊！這……我來解釋……奧爾棠絲小姐已經找到線索了……啊！我們完了！」

大家都暫緩了片刻，對手間的較量才剛剛開始，夫妻兩人已經表現出失敗者的態度了，只想求得贏家的寬大處理。龐卡迪太太一動不動，兩眼發直，開始哭了起來。雷利納向她彎下腰去說道：「我們來把事情搞搞清楚，您願意嗎太太？我們會把事情弄得更明白的，我確定談完之後自然會有解決方案，我想事情是這麼一回事。九年前，您在外省分的奧爾棠絲小姐家做事時認識了龐卡迪先生，他很快就成了您的情人。你們兩人都是科西嘉人，那地方迷信盛行，什麼好運厄運啦，什麼驅邪避魔啦，這些東西對每個人的生活都有著深刻的影響。而您女主人的那枚胸針被證實會給擁有它的人帶來好運，這就是爲什麼您一時糊塗，在龐卡迪先生的慫恿下偷走了它。半年之後，您就辭職成了龐卡迪太太。這幾句話就總結了您的經歷，不是嗎？你們二人倘若當時能抵禦住一時的誘惑，就都還是老實人。

「你們兩人都獲得了很大的成功，你們擁有了這件護身符，相信它的功效，也相信自己，終於躋身於一流的舊貨商之列。這些都不用說了，如今你們有錢了，成了墨丘利店鋪的老闆，你們把生意上的成功都歸功於這枚胸針。對你們而言，失去它就意味著破產和貧窮，你們的生活都繞著它轉了。這枚胸針就是護身符，是家裡的保護神，會為你們指引方向。它就在這兒，藏在某個地方，要不是我偶然間注意到你們，任誰也不會懷疑的。因為要不是這個錯誤，我重複一遍，你們都是正直的人。」

雷利納停了一下繼續說道：「我的調查是從兩個月前開始的，其實很容易，因為我已經發現了您這條線索，就租下了上下兩層之間的閣樓，這樣我就可以利用這個樓梯了……不過從某種意義上來說，這兩個月是被浪費掉了，因為我還是沒有成功。天知道我把您的店鋪翻得多撤底！沒有一樣傢俱沒被搜尋過，沒有一塊地板沒被查找過，卻依然毫無結果，不過倒是有另外一個發現。龐卡迪，在您書桌的一個暗格裡，我好不容易找到一本小小的登記簿，裡面記著您的內疚、您的擔憂，您害怕受到懲罰，害怕神靈會因此發怒。

「您太不小心了，龐卡迪先生。哪能寫下這樣的供述呢？而且還將它落在抽屜裡。不管怎麼說，我讀了這些東西，還特別記下了其中一句很重要的話。我就是利用了那句話來準備我的計畫的：

那個被我偷了東西的人來找我了，她的模樣就和當年呂西安娜拿走珠寶時我在花園裡見到她的時候一樣。她出現在我面前，穿著藍色的連衣裙，帶著飾有紅棕色枝葉的直筒無邊的帽子，脖子上掛著黑玉項鏈，手上拿著三節燈芯草編成的馬鞭。我看見她的那天，她手上拿的就是這根鞭子，她就這樣出現在我面前對我說：「我來找您要回屬於我的東西。」那時我就明白，是上帝給了她行動的啓示，我應當順從天意。

「您本子上就是這麼寫的，龐卡迪先生。這也解釋了您口中奧爾棠絲小姐的舉動。她聽從了我的指導，按照您自己想像出來的場景來到您這兒，從過去的時光隧道走過來——這可是您的原話。您也知道，她要是再冷靜些就會贏了，可惜您的戲演得太好了，您試圖自殺的表演讓她不知所措。這樣您就明白了這不是天意，而只是過去的受害人找您算帳來了，因此我只能出面干涉，所以我就在這兒了。現在該結束了。

「龐卡迪，胸針拿來吧？」

「不。」古董商說道，他一想到要歸還胸針就又打足了精神。

「您怎麼說？龐卡迪太太。」

「我不知道胸針在哪兒。」她說道。

「好，那我們就採取行動吧，龐卡迪太太，您有一個七歲的兒子，他可是您的心肝寶貝兒。今天是禮拜四，和所有的禮拜四一樣，您兒子會一個人從他婚婚家回來。我有兩個朋友已經等在路上了，除非收到撤銷命令，他們是會把他綁走的。」

龐卡迪太太一下子就慌了。

「我的兒子！哦！求您了……不，別這樣……我向您發誓我什麼都不知道。我丈夫從來都不願意向我透露實情。」

雷利納繼續說道：「第二點：今晚法院就會收到訴訟。本子上的那些話就是證據。後果就是，警方採取行動，進行搜查等等。」

龐卡迪默不作聲，似乎這些威脅都妨礙不到他，他有護身符在手，覺得自己不會收到傷害，但他的妻子已經跪在雷利納腳下結結巴巴地說道：「不，不，我求您了，我們會坐牢的，我不想這樣。還有我的兒子……哦！我求求您……」

奧爾棠絲動了惻隱之心，把雷利納拉到一邊說道：「這個可憐的女人！我替她求個情。」

「妳放心，」他笑著說道：「她兒子不會有事的。」

「但你的朋友已經等在路上了？」

「純屬捏造而已。」

「那告上法院呢？」

「只是威脅罷了。」

「那您想怎麼樣呢？」

「嚇嚇他們，讓他們慌了神，希望這樣他們會透露一點半點的，我就能從中獲得資訊。我們試了各種方法，只剩下這個了，這個方法往往都能成功，您還記得我們之前那幾次冒險吧。」

「如果要是您等的那些話還是沒出來呢？」

「他們會說的。」雷利納用低沉的聲音說道：「我們得堅持到底，快是時候了。」

他和年輕女子彼此相視，奧爾棠絲紅了臉。她覺得他說這話的時候是在暗示這次是第八次了，他的目的只是在八點鐘敲響之前完成這樁冒險。

「喏，一邊是你們所要冒的風險。」他對龐卡迪夫妻倆說道：「孩子失蹤，你們得入獄，你們肯定是要坐牢的，因爲有那本登記簿爲證。現在我提出我的交易。只要你們馬上歸還那枚胸針，我就給你們兩萬法郎，那枚胸針可是只值三個金路易②。」

沒有回應，龐卡迪太太只是不停地哭泣著。

雷利納又斷斷續續的提議：「雙倍……三倍……該死，龐卡迪你也太貪了……怎麼著？您想湊個整數？好吧，十萬。」

他伸出了手，似乎毫無疑問龐卡迪會把胸針給他的。

龐卡迪太太先妥協了，她突然狂怒地對她的丈夫說道：「告訴他啊！說啊！你把它藏哪兒了？怎麼，你不會還這麼死腦筋吧？不然的話我們是會破產的，會變窮，還有我們的兒子！哎，說啊……」

奧爾棠絲喃喃道：「雷利納，你瘋了，那東西不值錢的。」

「別怕，」雷利納說道，「他不會同意的，妳看看他，他是多麼的焦慮不安啊！這正是我要的。啊！您瞧，這太讓人激動了，讓別人慌了神！讓他們沒法控制自己的思維和話語！在這種混亂中就會發現閃現的靈光！妳看看他！妳看看他！十萬法郎還塊毫無價值的石頭，不然就得坐牢，這肯定會弄得人暈頭轉向的！」

事實上，龐卡迪面色蒼白，嘴唇顫抖著，有些微的口水流了出來。可以猜到他也很矛盾，既害怕，又垂涎，整個人都被攪得亂糟糟的。他突然間爆發了，很容易就能明白他的話只是偶然間冒出來的，他自己都沒意識到自己在說些什麼：「十萬！二十萬！五十萬！一百萬！我才不稀罕呢！幾百萬？幾百萬又有什麼用呢？這些錢總歸會散盡，就那樣消失了……不翼而飛了……重要的東西只有一樣，那就是你命運的好壞。那枚胸針從來沒有出賣過我，您想讓我出賣了它？我兒子？蠢話！我只要能夠讓命運爲我服務，就不會遇上不順的事情。命運是我的僕人，它都繫在這枚胸針上了。你們覺得這怎麼可能？我哪裡會知道呢？可能是光玉髓的緣故吧，有些神奇的石頭中就包藏了好運氣，就像有些石頭裡面含了火焰、硫磺或是金子……」

雷利納的眼睛沒有離開過他，一直都在注意他的每一個最不起眼的詞，每一個最輕微的語調。古董商有些神經質地笑著，重新恢復了那種自信的人才有的冷靜。他在雷利納面前走來走去，做出各種手勢。從他的手勢中可以感到他愈發的堅決起來。

「幾百萬？可我才不要呢，先生。我的那一小塊石頭比這個值錢多了。證據就是您想要把它從我這兒弄走費了多少工夫啊。啊！啊！您自己都承認您找了好幾個月。幾個月來，您把所有的東西都翻了一遍，而我卻沒起任何疑心，我甚至都沒有採取任何防護措施！爲什麼要採取防護措施呢？那個小東西就可以保護自己，因爲它不願意被發現，所以它就不會被發現。它還是好好地在這兒，主宰著我興隆的正當生意，這些生意讓它覺得很滿意，龐卡迪的運氣？整個街區，所有的古董商都知道。我大肆宣揚我運氣好，我甚至敢讓運氣之神做我的老闆。您看看這塊板子上面的一系列小雕像，還有店招牌上面也有，這些都是一位偉大的雕塑家的簽名作品，他因爲破產把這些東西都賣給了我。您想要一個嗎，親愛的先生？它也會給您帶來好運的。您選一個吧！就算是我爲了補償您的失敗送給您的禮物！這樣好不好？」

他倚著牆在架子下方支起一張小板凳，拿下來其中一個雕像放在雷利納手裡。他笑得更加燦爛了，也更加激動，因爲敵人似乎在這場激烈的鬥爭中讓步了。他歡呼道：「太好了！他同意了！如果他同意了，那是因爲所有人都會同意的！我的太太，您別再煩惱了。您兒子會回來的，我們也會進監獄！再見，奧爾棠絲小姐！再見，先生。以後您要是想跟我打個招呼，只要敲三下天花板就行。再見了，記得帶上給您的禮物。願墨丘利保佑您！再見了，我親愛的公爵，再見，奧爾棠絲小姐。」

邊。

他推著他們往鐵樓梯那兒走去，一路上還拉拉扯扯，一直把他倆引到隱在樓梯上面的一扇矮門

最奇怪的是，雷利納竟絲毫沒有反抗，他沒有做出任何抵抗的動作，只是像個犯了錯受罰被趕出去的孩子，任由他領著走過去。

前一刻他還在向龐卡迪提出自己的交易，此刻龐卡迪卻勝利地將他連同他懷裡的雕像踢出門，這中間間隔不過五分鐘。

雷利納租下的二樓閣樓裡的餐廳和客廳都朝著馬路，餐廳裡已經擺好了兩副碗筷。

「請原諒我預先準備了餐具。」雷利納打開客廳的門，對奧爾棠絲說道：「我是想說不管怎麼樣，今天晚上我都可以見到妳，我們可以一起吃個飯。請妳別拒絕我的好意，這可是我們最後一次冒險了。」

奧爾棠絲沒有拒絕，這次戰鬥結束的方式與以往她所見到的都不一樣，讓她很是困惑，再說她爲什麼要拒絕呢？反正雷利納也沒完成約定規定的條件。

雷利納走開去吩咐僕人做事，兩分鐘以後，他又回到奧爾棠絲身邊，帶她去了餐廳，這個時候是七點多一點。

餐廳的桌上擺著些花兒，中間是一尊墨丘利雕像，那是龐卡迪先生給的禮物。

「願幸運之神保佑我們用餐！」雷利納說道。

他看上去似乎很高興，而且表達了自己重見奧爾棠絲的愉悅之情。

「啊！」他叫道：「因爲妳之前可不太友善！妳對我是閉門不見……也不給我寫信……說眞的，親愛的朋友，妳太殘忍了，我受到了深深的傷害。所以我用盡了一切辦法，用最神奇的經歷作爲誘餌來吸引妳。妳得承認我的信可是巧妙得很！三根燈芯草、藍色連衣裙，誰能抵禦住這樣的誘惑呢！再者我還加上了自創的元素：項鏈的七十五顆珠子，撥銀念珠的老太太，總之就是些讓誘惑變得更無法抗拒的東西。妳別怨我，我想要見到妳，想在今天見到妳，妳來了，謝謝妳。」

接著他講述了自己是怎樣找到被盜珠寶的線索的。

「妳向我提出這個條件的時候，非常希望我無法完成它，是吧？親愛的朋友，妳錯了。這項考驗至少在開始的時候是很簡單的，因爲它有確定的資訊：胸針具有護身符的性質。只要查找在妳的周圍，妳的傭人中，是否有人會被這一點特別的吸引住就行了。我很快就在自己建起的名單上注意到了來自科西嘉的呂西安娜小姐。這就是我的出發點，之後的事就環環相扣上了。」

奧爾棠絲驚訝地端詳著他，他怎麼能如此滿不在乎地接受自己的失敗，而且還帶著勝利者的姿態談論這件事？事實上他完全被古董商擊敗了，甚至還被嘲弄了一番。

奧爾棠絲沒法兒不讓雷利納察覺自己的想法，她的語氣裡帶上了些失望和恥辱。

「環環相扣上了，是的，但是鏈條卻斷了，因爲就算你知道是誰偷的，你最終也沒能把東西拿到手。」

奧爾棠絲的責備之意已經很明顯了，雷利納還沒有讓她習慣失敗，更重要的是，他毫不在意就接受了最終毀掉自己希望的失敗，她對此感到很惱怒。

雷利納沒有回答，只是斟滿兩杯香檳。他不疾不徐地喝掉其中一杯，眼睛還盯著墨丘利神的雕像，他將雕像在底座上轉動著，像是個樂此不疲的遊客。

「這樣流暢的線條，太令人讚歎了！相比雕像的色彩，我覺得它的線條、比例、勻稱性和造型要更出色。同樣的，親愛的朋友，我喜歡妳藍色的眼睛和淺黃褐色的頭髮，但最打動我的，是妳標準的鴨蛋臉龐，妳脖子和香肩的曲線。妳瞧瞧這尊雕塑。龐卡迪很有道理，這是一位偉大的藝術家的作品。雕塑的雙腿纖細而緊實，整個體型讓人覺得充滿了活力，這很好，但只是有一處小小的缺陷，您可能沒注意到。」

「不，我注意到了。」奧爾棠絲說：「我一看見店鋪外頭的招牌時就注意到了，你是不是想說它有些不平衡，不是嗎？墨丘利神的身子過於傾向了撐地的那條腿，似乎要往前倒似的。」

「妳真是了不起。」雷利納說道：「這處缺陷幾乎難以察覺，只有經過訓練的眼睛才能發現它。事實上，按照邏輯，雕像身體的比重應該比較大，而這樣的材質做成的小雕像會頭著地倒下去的。」

他沈默了一會兒繼續說道：「我第一天搬來的時候也注意到了這個問題，不過當時我還沒有弄清楚這個道理。我當時震驚的是它沒有遵守藝術審美的規則，而其實我應該要注意的是它違背了物理法則。藝術和自然法則在這尊雕塑上是那麼的不和諧！仿佛重力法則被打亂了，卻沒有什麼關鍵的原因……」

「你想要說什麼？」奧爾棠絲問道，她被弄糊塗了，覺得這些推理和裡頭的秘密沒什麼關係，「你想要說什麼？」

「哦！沒什麼，」他說道，「我只是奇怪那時爲什麼沒搞清楚墨丘利雕像爲什麼不會一頭倒下去，按理來說我應該搞清楚的。」

「那現在你知道原因了嗎？」

「原因？我認爲龐卡迪一定在裡頭搞了鬼，打亂了原先的平衡，但因爲有東西把這尊雕像往後壓住，校正了它危險的姿勢，所以才又平衡了。」

「有東西？」

「是的。一般情況下雕像應該是固定住的，可這尊沒有。我知道這一點是因爲我注意到龐卡迪每過兩三天就會弄個梯子爬上去，將它拿起來打掃一遍。所以只有一個假設：平衡物。」

奧爾棠絲顫抖了一下，她突然有些明白了，喃喃地說道：「平衡物！所以您是否認爲就是那個胸針藏在底座裡？」

「爲什麼不是呢？」

「這可能嗎？如果是這樣的話，龐卡迪怎麼會把雕像給你呢……」

「他沒給我那一個。」雷利納說：「那個是我自己拿的。」

「哪裡拿的？什麼時候？」

「就是剛剛您待在客廳的時候啊，我從旁邊那扇窗戶跨出去了，那扇窗剛好就在龐卡迪的店招牌上方，小神龕的旁邊。我掉了個包，拿了外面那個對我有價值的雕像，又把龐卡迪給我的那個放上去了。」

「但你那個不會向前倒嗎？」

「不會的，至少不會比他店裡架子上的傾得厲害。而龐卡迪不是藝術家，這點平衡的小問題他是看不出來的。他不會發現自己被人耍了，只會繼續相信幸運之神保佑著自己，也就是說他還將繼續受到庇佑。來看看招牌上的這尊雕像吧，我是不是應該把底座拆了，從焊在底座後面用以確保墨丘利神平衡的鉛盒裡把您的胸針取出來呢？」

「不……不……沒用的……」奧爾棠絲馬上低聲回答道。

她現在還沒完全弄清楚雷利納在整件事裡表現出來的敏銳直覺和靈活機智，但她突然想到第八次冒險已經結束了，各種考驗的結果都對他有利，而最後的期限甚至還沒到呢。

他也馬上殘酷地指出了這一點。

「現在是八點差一刻。」他說道。

他們彼此都陷入沈默，兩人都很局促，猶豫著沒有做出任何動作。雷利納為了打破這種沈默玩笑著說道：「龐卡迪先生這個老實人可是給我提供了資訊！我就知道只要讓他發急就能從他的話裡得到一點點提示。這就像塞了個打火機給人用，最後就會有火星一閃。我這兒的火星就是光玉髓胸針、龐卡迪對運氣的迷信、墨丘利和幸運之神，這四者在我無意識中不可避免地湊在了一起，這就足夠了。我明白了這些想法的關聯來自於龐卡迪在現實中將兩種運氣連在一起，也就是說他把胸針藏在墨丘利雕像中。我馬上就想到了外面放著的那個雕像和它的平衡問題……」

雷利納突然打住話頭，因爲他覺得自己的話彷彿都是對著空氣講的。年輕的女子手撐著頭，遮住自己的眼睛，一動不動地坐在那兒，似乎遙不可及。

事實上她根本就沒在聽，她對這次特別的冒險的結局和雷利納的行事方式已經不感興趣了，她現在想的是這三個月以來自己經歷的所有冒險，以及這個忠於自己的男人天才般的行爲。她似乎在一幅神奇的畫卷上看見了雷利納做出的那些令人難以置信的舉措，他所做的好事，他拯救的人，他平息的痛苦，他懲罰的犯罪，和他所到之處以主導者之姿恢復的秩序。沒有什麼是他不能夠做到的。他凡事有始有終。他定下的目標總是提前就完成了，所有這些他都無需大費周章，只是安安定定地去完成，就像一個知道自己勢不可擋、能力超群的人所做的那樣。

這樣一來她還能違逆他嗎？還有什麼必要去自衛呢？又怎麼去自衛呢？倘若他想要自己順從，他難道不能強迫她嗎？難道這事兒比完成其他的冒險經歷更困難嗎？就算她逃走了，普天之下還有一處容身之所可以讓她逃避他的追捕嗎？從他們初次相遇的第一刻起，結局就已經註定了，因爲雷利納那時就已經做出決定了。

但她依然在尋找武器保護自己，她對自己說，就算他完成了八樁冒險的條件，就算他在八點的鐘聲敲響前把胸針還給了自己，但她還有最後一個護身符——敲響八點鐘聲的應該是阿蘭格日城堡的那口鐘，而不是別處的。他們當時曾說約定要相當仔細，而那天雷利納是看著自己的唇說出以下的話的：「阿蘭格日城堡那口鐘第八聲鐘響的時候——請您確信它一定會響的，因爲那口鐘不會再停下來了。完成第八件事，您就答應給我……」

奧爾棠絲重新抬起頭，雷利納也端坐著一動不動，安靜地等待著。

她正要開口把心裡準備好的話說出來：「您知道的，我們的約定是指定要阿蘭格日的那口鐘的，現在所有的條件都滿足了，只除了那一條，所以我自由了，不是嗎？我有權不去遵守約定，再說這個約定也不是我定下的，它就那麼從天而降了，我自由了……再也沒有任何顧慮了……」

她還沒來得及把這些話說出口，就在這時身後傳來了喀噠一聲，就像鐘即將敲響前發出的聲音。

第一聲鐘聲響起，接著是第二聲、第三聲。

奧爾棠絲輕呼一聲，她聽出這正是阿蘭格日那口老鐘的音色，三個月前，就是這詭異的鐘聲打破了那座廢棄城堡的寧靜，將他們倆帶入了冒險之旅，他竟將那口鐘事先移來這裡了。

奧爾棠絲數著鐘聲，剛好八下。

「啊！」她將自己的臉埋入手掌中，虛弱地低語道：「鐘……這兒的鐘……是那裡的那口鐘……我聽出它的聲音了……」

奧爾棠絲沒有再說下去，她猜雷利納的眼睛一定正看著自己，他的目光抽去了自己全身的力氣。要不是她剛剛曾想違背自己的意願，試圖對他作出抵抗，她說不定還能充滿力量的，但連她最後的防衛都被輕易打破後，所有的冒險都結束了，只剩下最後一個歷險。這最後一個歷險使所有其他那些冒險的記憶都被暫時被忘記了——這就是愛情的歷險，是所有冒險中最誘人、最亂人心神、最攝人心魄的。她接受了命運的安排，愉快地面對即將發生的一切，因爲她愛上了他。她心愛的人爲自己弄回了那枚胸針，從此快樂就又重回到自己的生活中，想到這兒，她不由自主地微笑了。

鐘又響了一次。

奧爾棠絲抬眼看向雷利納，她還是掙扎了幾秒鐘，但就像是隻被施了魔法的鳥兒，她無法做出任何反抗。當第八聲鐘聲再次敲響的時候，她沉淪了，獻上了自己的雙唇……

註解：

①墨丘利（Mercurius）在羅馬神話中是替眾神傳遞信息的使者，他的形象一般是頭戴一頂插有雙翅的帽子，腳穿飛行鞋，手握魔杖，行走如飛。墨丘利是醫藥、旅行者、商人和小偷的保護神。

②金路易為法國過去的貨幣，為銀幣，一個金路易當時約等於二十法郎。

國家圖書館出版品預行編目資料

八大奇案／莫里斯．盧布朗著（Maurice Leblanc）；
宦征宇譯. —— 初版. ——臺中市：好讀, 2010.08
面： 公分，——（典藏經典；28）

譯自：Les huit coups de l'horloge

ISBN 978-986-178-164-8（平裝）

876.57 99014423

好讀出版

典藏經典 28

八大奇案

原 著／莫里斯．盧布朗
翻 譯／宦征宇
總 編 輯／鄧茵茵
文字編輯／莊銘桓
美術編輯／許志忠
行銷企劃／劉恩綺
發 行 所／好讀出版有限公司
台中市 407 西屯區工業 30 路 1 號
台中市 407 西屯區大有街 13 號（編輯部）
TEL: 04-23157795 FAX: 04-23144188 http://howdo.morningstar.com.tw
(如對本書編輯或內容有意見，請來電或上網告訴我們)
法律顧問／陳思成律師

總 經 銷／知己圖書股份有限公司
（台北）台北市 106 大安區辛亥路一段 30 號 9 樓
TEL: 02-23672044 / 23672047 FAX:02-23635741
（台中）台中市 407 西屯區工業 30 路 1 號
TEL: 04-23595819 FAX: 04-23595493
E-mail:service@morningstar.com.tw
網路書店 http://www.morningstar.com.tw
郵政劃撥：15060393
戶名／知己圖書股份有限公司

印 刷／上好印刷股份有限公司 TEL: 04-23150280
初 版／ 2010 年 10 月 15 日
初版九刷／ 2017 年 12 月 25 日
定 價／ 230 元
如有破損或裝訂錯誤，請寄回台中市 407 西屯區工業 30 路 1 號更換（好讀倉儲部收）

Published by How Do Publishing Co., LTD.
2017 Printed in Taiwan
ISBN 978-986-178-164-8

讀者回函

只要寄回本回函，就能不定時收到晨星出版集團最新電子報及相關優惠活動訊息，並有機會參加抽獎，獲得贈書。因此有電子信箱的讀者，千萬別吝於寫上你的信箱地址

書名：八大奇案

姓名：＿＿＿＿＿＿＿ 性別：□男 □女 生日：＿＿年＿＿月＿＿日

教育程度：＿＿＿＿＿＿＿＿＿＿

職業：□學生 □教師 □一般職員 □企業主管

□家庭主婦 □自由業 □醫護 □軍警 □其他＿＿＿＿＿＿＿＿＿

電子郵件信箱（e-mail）：＿＿＿＿＿＿＿＿＿＿ 電話：＿＿＿＿＿＿

聯絡地址：□□□＿＿＿＿＿＿＿＿＿＿＿＿＿＿＿＿＿＿

你怎麼發現這本書的？

□書店 □網路書店（哪一個？）＿＿＿＿＿＿＿ □朋友推薦 □學校選書

□報章雜誌報導 □其他＿＿＿＿＿＿＿＿＿＿＿＿＿＿＿＿＿

買這本書的原因是：＿＿＿＿＿＿＿＿＿＿＿＿＿＿＿＿＿＿

□內容題材深得我心 □價格便宜 □封面與內頁設計很優 □其他＿＿＿＿＿

你對這本書還有其他意見嗎？請通通告訴我們：

＿＿＿＿＿＿＿＿＿＿＿＿＿＿＿＿＿＿＿＿＿＿＿＿＿＿＿＿＿

你買過幾本好讀的書？（不包括現在這一本）

□沒買過 □1～5本 □6～10本 □11～20本 □太多了

你希望能如何得到更多好讀的出版訊息？

□常寄電子報 □網站常常更新 □常在報章雜誌上看到好讀新書消息

□我有更棒的想法＿＿＿＿＿＿＿＿＿＿＿＿＿＿＿＿＿＿＿＿

最後請推薦五個閱讀同好的姓名與E-mail，讓他們也能收到好讀的近期書訊：

1.＿＿＿＿＿＿＿＿＿＿＿＿＿＿＿＿＿＿＿＿＿＿＿＿＿＿＿

2.＿＿＿＿＿＿＿＿＿＿＿＿＿＿＿＿＿＿＿＿＿＿＿＿＿＿＿

3.＿＿＿＿＿＿＿＿＿＿＿＿＿＿＿＿＿＿＿＿＿＿＿＿＿＿＿

4.＿＿＿＿＿＿＿＿＿＿＿＿＿＿＿＿＿＿＿＿＿＿＿＿＿＿＿

5.＿＿＿＿＿＿＿＿＿＿＿＿＿＿＿＿＿＿＿＿＿＿＿＿＿＿＿

我們確實接收到你對好讀的心意了，再次感謝你抽空填寫這份回函

請有空時上網或來信與我們交換意見，好讀出版有限公司編輯部同仁感謝你！

好讀的部落格：http //howdo.morningstar.com.tw/

請填妥後對折黏貼，直接投郵即可，無須貼郵票。

廣告回函
台灣中區郵政管理局
登記證第3877號
免貼郵票

好讀出版有限公司　編輯部收

407 台中市西屯區何厝里大有街13號
電話：04-23157795-6　傳眞：04-23144188

沿虛線對折